DAVID WAGNER

MAUER PARK

VERBRECHER VERLAG

Erste Auflage
Verbrecher Verlag Berlin 2013
www.verbrecherei.de

© Verbrecher Verlag 2013
Einbandentwurf: Sarah Lamparter
Lektorat: Marcel Regenberg und Kristina Wengorz
Satz: Christian Walter

ISBN 978-3-943167-41-2

Printed in Germany

*Der Verlag dankt Adrian Breda, Giorgi Jamburia, Doris Mall
und Julia Mielewski.*

INHALT

DER EINSAMSTE ESSER VON MITTE

Wer einen ruhigen, durch und durch ungestörten Abend in einem riesigen Restaurant verbringen möchte, der sollte die Weltbühne, das leerste Lokal Berlins, besuchen. Er wird der einsamste Esser sein. Das leerste Lokal Berlins liegt in der Gormannstraße, hat eine sehr lange Bar, eine Klimaanlage, einen offenen Konzertflügel neben dem Tresen, eine Lounge mit Sesseln und ein Klavier im Speisesaal. Und einen Barmann, der jeden, der eintritt, euphorisch begrüßt. Der Gast hat die Wahl zwischen dreißig leeren Barhockern, leeren Stehtischen und leeren Ledersesseln. Keiner da, und doch brennt auf jedem Tisch eine Kerze.

Für den Aperitif schneidet der Herr der leeren Weltbar, wie sie sich nennt, die erste Zitrone des Abends an. Später weist er dem Gast den Weg ins Restaurant Weltbühne, weiter hinten im Haus. Dort nimmt der Kellner dem Gast den Mantel ab und hängt ihn an die Garderobe, verzichtet jedoch darauf, eine Garderobenmarke auszuhändigen. Sein Mantel ist der einzige Mantel, alle anderen Bügel sind leer. Der Kellner sagt: »Bitte, suchen Sie sich doch einen Platz.«

Der Gast sagt: »Danke«, und findet einen ohne jede Mühe. Alle Stühle, alle Bänke im Saal sind leer. Auf einem einzigen Tisch steht ein »Reserviert«-Schild. Es steht so da, daß es von draußen gelesen werden kann.

Lokale in Mitte lassen sich viel einfallen, um Gäste anzulocken. In einem Restaurant Unter den Linden darf in der Herrentoilette auf Eiswürfel uriniert werden. Es gibt Bars mit Tresen aus Silber, andere mit Betten im Raum oder überlebensgroßen Bildern nackter Frauen an der Wand. Andere Orte wiederum warten mit halbprominenten Besitzern oder mobilen japanischen Nudelsuppenküchen auf, die mitten in einem großen Lokal ein Sub-Lokal eröffnen. Und damit alle Japaner der Stadt anlocken.

Die Weltbühne – »Café, Bar und Restaurant«, wie es auf der Streichholzpackung heißt – wollte wohl einfach durch Perfektion überzeugen. Vielleicht war es auch der Wunsch des Architekten, an ein großes Pariser Restaurant zu erinnern. Dunkles Holz, venezianische Lampen, Lederbezüge, direkte und indirekte Beleuchtung: gediegen und künstlich zugleich. Der Gestalter war auch Bühnenbildner, die Innenarchitektur hat Dramaturgie. Dieser Saal müßte laut und voll sein, denkt der einsame Gast. In der Stille, in die nur die Umwälzpumpe des leeren Aquariums hineinplätschert, vertreiben nur Rückblenden die Zeit. In einem Film müßte die Wahrnehmung des einsamsten Gasts von Mitte sich mit einer in Wirklichkeit leider fehlenden Geräuschsinfonie aus der Erinnerung füllen. Mit eingespieltem Frauenlachen, Silberbesteckklappern und dem Klirren voller Gläser.

Der Kellner kommt mit der offenen Karte und sagt: »Die Penne und die frischen Cannelloni sind leider schon aus.« Der Gast wundert sich über das Wort »schon«, wendet den Kopf leicht nach links und sieht nur leere Tische, wendet den Kopf nach rechts und sieht auch dort nur freie Tische, die ihre weißen Tischdecken vielleicht auch, wie eingemottete Möbelstücke, als Staubschutztuch tragen. Und der Gast fragt nicht: »Haben Sie die Cannelloni ganz allein gegessen?«

Die Peinlichkeit des Augenblicks kann der Kellner gekonnt überspielen. Ein inneres Grinsen – warum ist dieser Gast eigentlich so doof, gerade hier essen zu wollen – scheint er sich allerdings nicht verkneifen zu können. Der einsamste Gast muß denken, er sei in die Traumszenen eines Films von Buñuel geraten – dann aber passiert leider doch nichts mit dem Flügel. Und kein Fernando Rey will hier zu Abend essen. Nicht einmal Ameisen laufen dem Gast über die Hände.

Der Kellner kommt wieder und bringt Crostini, drei sehr dünne, sehr harte Weißbrotscheiben. Die erste ist mit einem Klecks Pesto bestrichen, die zweite mit etwas, das wie gehackter Lachs aussieht. Die dritte verschwindet unter einem Häuflein Dosenthunfisch. Der einsamste Gast von Mitte traut sich nicht, die Gabe der Küche zu kosten.

Durch die Musik und das Plätschern der Umwälzpumpe hindurch hört er ein Geräusch aus der Küche, das wie das Signal eines Mikrowellenherdes klingt. Der Kellner, der dem Gast nachschenkt, bringt die bestellten Ravioli. Die Ravioli mit Spinat und Ricotta sind sicher irgendwann »hausgemacht« worden, wie die Karte sagt. Nur mit Sicherheit nicht heute, denkt der einsamste Esser von Mitte und stochert auf seinem Teller. Der einsamste Esser stochert in seinen zähen Ravioli und hört Louis Armstrong singen, Louis Armstrong singt »Let's Do It (Let's Fall in Love)«. Dreihundert leere Stühle hören zu. Perfektion in der Einrichtung kann auch Beklemmung erzeugen, denkt der Gast. Und stellt sich vor, draußen, in Mitte, sei ein Krieg ausgebrochen und die Weltbühne durch die Front abgeschnitten. Tatsächlich verläuft die Hauptkampflinie des Nachtlebens nur zwei- bis dreihundert Meter weiter südlich, um den Hackeschen Markt herum. Ein- oder zweimal nur tritt jemand, vielleicht sind es Späher, von der Straße in den offenen Hof. Und starrt, als sei der einsame Gast Teil einer Inszenierung, in den Saal. Der Späher wundert sich, erschrickt vielleicht, von der Leere betroffen, und zieht sich wieder zurück.

Die Leere der Weltbühne hat nichts von der heimeligen, im Grunde sympathisch-verzweifelten Leere, die in den Gemälden Edward Hoppers herrscht. Für eine Hopper-Stimmung ist die Weltbühne viel zu groß. Und ein Stück zu protzig. Ihre Beklemmung gleicht eher der eines Pharaonengrabs. Und der in seiner Konzentration und Professionalität nicht nachlassende Kellner einem lächelnden Grabwächter, der hier vor wer weiß wie vielen tausend Jahren mit begraben wurde. Vielleicht hat die Weltbühne deshalb, obwohl sie erst anderthalb Jahre Leere hinter sich hat, schon etwas Museales. Und so, wie Libeskinds Jüdisches Museum und seine »Voids« ohne Ausstellungsobjekte funktionieren, so funktionieren die Weltbühne und die ihr vorgelagerte Weltbar ohne Gäste. Im Gegenteil, zu viele Gäste würden die erhabene Installation bloß stören.

Im Durchgang von der Weltbar zum Restaurant – gleich neben dem Abstieg in die Toilettenunterwelt, in der auch der Tisch, an dem ein Toilettenbetreuer sitzen könnte, verwaist ist – gibt es eine Zeitungs- und Zeitschriftenecke. Einst für alle wichtigen Zeitungen der Welt gedacht, und einst, das war zur Eröffnung, tatsächlich mit den wichtigen Zeitungen bestückt, liegen da heute die Gratisillustrierten »Feine Adressen in Berlin« und »Bärenstark – das Fachmagazin für Personalservice in Berlin«. Auf der ersten Innenseite von »Bärenstark« grüßt der Geschäftsstellenleiter des Arbeitsamtes Reinickendorf. Der Mann an der Bar und der perfekte Kellner haben – wenn sie nicht gerade telefonieren oder, was allerdings nur ausnahmsweise vorkommt, einen Gast bedienen – genug Zeit, in den Fachmagazinen zu lesen.

Schon seit Jahren befindet sich an gleicher Stelle ein Dunkelrestaurant. Ein Dunkelrestaurant hat immerhin den Vorteil,
daß der Gast nicht sieht, wie allein er ißt. – Und sonderbar,
hätte mir damals, im Jahr 2001, jemand prophezeit, daß es
nur ein paar Schritte weiter, auf der Torstraße (zu dieser Zeit
eine ziemlich tote Straße), eines Tages etliche, fast immer gut
besuchte Restaurants geben würde – ich hätte ihm nicht ge-
glaubt. Wer hätte gedacht, daß gar nicht einsame Esser im
Sommer in Trauben auf den Torstraßengehwegen sitzen und
sich vom Verkehrslärm nicht stören lassen würden? Scheint
so, als hätten die Steine nicht vergessen, daß hier schon einmal eine Vergnügungsmeile war mit vielen Amüsierlokalen,
schon vor und wieder nach dem Ersten Weltkrieg.

TIERGARTENGEHER

Der Tiergartengeher versucht, die frische Luft zu trinken. Der Tiergartengänger zeigt sich dem blauen Himmel und den Blättern am Boden. Oder den Novemberregentropfen. Der Tiergartengänger ist oft ein Läufer, meist in langen, manchmal auch in kurzen Hosen. Und mit kurzen Ärmeln. Der Tiergartenläufer trainiert und rennt, Tiergartenkenner kraulen über die Wege zwischen den Wiesen, auf denen im Sommer gegrillt wird. Der Tiergarten wird von Spazierradfahrern befahren, von Fahrradkurieren gequert, von Schnellgehern durchmessen. Liebhaber lüften sich hier, zeigen sich den Bäumen. Und die Bäume zeigen sich auch. Der Tiergartengänger kann, ohne es zu bemerken, das Gaslaternenmuseum streifen. Der Tiergartengeher kann Enten quaken hören und Kinderwagen fahren sehen, in denen Kinder liegen, die ebenfalls quaken. Gelegentlich füttert der Tiergartengänger die Enten. Oder die Kinder. Oder sich selbst. Oder er sitzt auf einer Bank und tut nichts und macht sich verdächtig. Der Tiergartengänger trägt sonderbare, selbstgestrickte Stirnbänder und sieht für Kinder furchterregend aus. Oder

13

sitzt am Wasser und raucht. Oder lehnt an einer Laterne und wartet auf Kundschaft. Oder genießt doch nur den Duft der frisch verfaulten Blätter. Tiergartenkinder toben durch die trocknenden Blätter wie weiland im Vorspann der »Sesamstraße«. Nah an der Siegessäule trägt der Tiergartentourist oft einen aufgeschlagenen Stadtplan, näher am Brandenburger Tor eine Videokamera. Die Tiergartengängerin schlenkert ihre kleine, silberfarbene Kompaktkamera an einer Kordelschlaufe, an der auch kleinere Hunde hängen könnten, um ihr Handgelenk. Den Tiergartenwanderer umgeben die Geräusche der Vögel. Und der Gesang des Verkehrs. Der Tiergartengänger geht oft im Kreis, auch Tiergartengeher sehen sich im Leben zweimal. Tiergartengänger treten oft zu zweit auf, als leicht- bis mittelverliebtes Paar, der Tiergartengeher bildet sodomitische (Frauen mit Hunden und Hunde mit Männern) und gleich- und gemischtgeschlechtliche Paare. Tiergartengänger sind gelegentlich Männer im Mantel mit Anzug und Krawatte, vielleicht aus dem Bundespräsidialamt entlaufen. Tiergartengänger gehen oft leicht nach vorne gebeugt, in der kontemplativen Haltung des gehenden Denkers. Und spielen, wie sich beim Näherkommen zeigt, doch nur mit ihrem Mobiltelefon. Tiergartengänger führen ihre Jacken, ihre Jogginghosen und ihre Hunde aus. Und ihre langen Leopardenmustermäntel. Der Tiergartenwandler läßt sich von Aktenmappe, Schal, der Zei-

14

tung unter dem Arm und dem Matsch am Schuh begleiten. Und perforiert mit zusammengeklapptem Schirm den aufgeweichten Boden.

Nordic Walker sind hinzugekommen, mit Stockprothesen staksen sie wie sehr große Insekten durchs Bild. Ansonsten hat sich, was Gangarten betrifft, nicht viel geändert.

FRIEDRICHSTRASSE

Was die Friedrichstraße einmal war, wissen nur noch alte Ansichtskarten. Heute ist sie die Schneise, in der sich alte und neue Berlinmetaphern aneinanderreihen. Wer vom Bahnhof Friedrichstraße oder dem Eck Unter den Linden Richtung Hallesches Tor spaziert, kann Besuchern, Touristen und manchem Stadtbewohner beim Staunen zusehen.

Teils mit Stadtführern und patentgefalteten Falkplänen, teils mit gut gefüllten Einkaufstüten beschwert, stapfen die einen wie die anderen über das Pflaster. Viele Gesichter sagen: »Wir wollen nun mal sehen, wie es hier aussieht.« Auch Helmut Kohl hat man hier schon flanieren sehen. Andere Passanten, jünger und besser angezogen, benutzen die Straße so selbstbewußt, als hätte es sie so schon immer hier gegeben. Wer Jahre nicht hier war, könnte glauben, in einem Traum aufzuwachen. Großkulissenbauer scheinen am Werk gewesen zu sein, die Leere hat sich – wie eine Opernbühne zur Chorszene – mit telefonierenden Anzugträgern gefüllt. Manchmal fährt einer von ihnen auf einem Tretroller vorbei.

Vor dem Wolfsburger Autopalast am Eck Unter den Linden bleiben schaulustige Menschen stehen, als gäbe es in der Stadt sonst keine Autos zu sehen. Die meisten staunen über das Preisschild neben dem ausgestellten Rolls-Royce. Ein Stück die Straße hinunter sind ein alter schwarzer Bugatti und das silberne Tretauto-Coupé im Fenster der Mercedes-Filiale zu bewundern. Ein Fahrrad mit Hilfsmotor und der Aufschrift »Daimler-Benz« kostet 3.250 Mark. Die Friedrichstraße ist auch Vorführstrecke für die Wagen, die hier hinter den Scheiben stehen. Reisebusse rollen langsamer die Straße hinunter, die Menschen auf den Sitzen halten Ausschau nach dem neuen Berlin. Auf einer Fensterscheibe können sie »Permanent Make-Up« lesen, vielleicht gilt die Beschriftung der Fassade, vielleicht der ganzen Straße. Bis hinunter zum ehemaligen Grenzübergang reihen sich Büro- und Geschäftshäuser selten scheibchenweise aneinander, hier stehen ganze Blöcke, die kleinteilige Parzellierung wurde aufgegeben. Die letzten Bauschilder schreiben Lyrik an den Straßenrand, die Versanfänge lauten: »Hier entsteht …«, »Hier baut …«. Dazwischen wartet eine entkernte, abgestützte Eckfassade auf neue Füllung. Der Glaspalast, den Jean Nouvel für die Galeries Lafayette errichtet hat, mußte sich, nicht lange nach Fertigstellung, mit vorgehängter Folie wieder als Baustelle verkleiden. Hin und wieder löst sich eine Scheibe aus der Fassade und zerbröselt über den Passanten. Einen Block weiter stehen die großen Namen unserer Zeit – italienische, japanische, französische, amerikanische – auf der Fassade. Die großen Marken hängen in den Fenstern aus, einen Block lang möchte die Friedrichstraße Fasanenstraße sein. Italienische Touristen, französisch sprechende Spanier und Amerikaner auf Europaschleife schauen in die Auslagen, Klebebuchstaben schreiben Sonderangebote auf die Scheiben.

In den meisten Gebäuden sind die Fensterbänder gleich- und regelmäßig in die Fassade gestochen. Polierter Stein allerorten, in einem Eingang zitiert roter Marmor Speers Neue Reichskanzlei. Deren Reste finden sich noch als Wandverkleidung im nahe gelegenen U-Bahnhof Mohrenstraße. Auf dieser Höhe wirkt die Friedrichstraße einheitlich, spätere Generationen werden sie betrachten und sagen: »So sahen die neunziger Jahre des letzten Jahrhunderts aus.« Und schon heute darf man sich fragen, ob die Häuser der neuen Friedrichstraße für einen, der hier in fünfundzwanzig Jahren vorübergeht, nicht so ausschauen werden wie das Europa-Center oder das Neue Kreuzberger Zentrum am Kottbusser Tor heute. Vielleicht wird man dann laut über den Abriß der heute gerade fertig gewordenen Gebäude nachdenken. Nicht wenige von ihnen ducken sich wie riesige polierte und zu eng aneinandergesetzte Grabsteine in den märkischen Sand. Andere ruhen sich wie Sockelgeschosse zukünftiger Hochhäuser noch aus.

Vorbeilaufende Hobbystadtplaner erklären gern, was hier

alles anders, viel besser hätte gemacht werden müssen: »Die Straße weiter, weniger glatter Stein, mehr Stuck«, »mehr alte Häuser«, »mehr Glas«. »Hier sieht man Gesichter, die man in Berlin sonst nicht gesehen hat«, erklären Kinder ihren Eltern, »hier suchen Angehörige kürzlich zugezogener Kasten nach der Metropole.« Die Geisterbahnhöfe, auf denen zu Mauerzeiten die Züge nicht hielten, spucken Menschen, keine Gespenster aus. Sie arbeiten beim Fernsehen am Hausvogteiplatz, in einer Bundesbehörde oder bei einem der vielen Verbände. Hier ist alles frisch gestrichen.

Das Jagdgeschäft Frankonia lockt mit Lodenmode im Schaufenster, gegenüber erinnert eine neuere Gedenktafel an die Barrikadenkämpfer des März 1848, die an dieser Stelle auf die Soldaten des zweiten Königsregiments schossen. Barrikaden könnten heute nur noch aus Bauzäunen oder umgestürzten Autos errichtet werden, auf der Friedrichstraße stören keine Bäume die Sicht. Im Sommer 1999 besetzten die letzten militanten Autonomen der Stadt die Friedrichstraße, bekritzelten den Asphalt und versuchten, die Galeries Lafayette zu stürmen. Einige Regale stürzten um. Am Ende der Aktion waren ein paar Designer-Sonnenbrillen verschwunden. Letztere zeigen sich auf der Friedrichstraße beim ersten kleinen Sonnenstrahl. Leider gibt es kaum Straßencafés, in denen Sonnenbrillenträger länger sitzen könnten. Ursprünglich hätte am Eck Unter den Linden, dem Traditionsstandort des Café Bauer, wieder ein Café einziehen sollen, dann aber zogen doch die Autos aus Wolfsburg ein. Das Café im Haus der Demokratie ist schon lange geschlossen, das Gebäude gehört nun dem Beamtenbund. In den anderen, neu eröffneten Cafés der Friedrichstraße gibt es keine alten Sofas, keine Gesellschaftsspiele, keine Berge alter Zeitungen und keine Wandparolen mehr. In der Bäckerei am U-Bahnhof Stadtmitte und in der Filiale des Café Einstein stehen nur Hocker. Das Einstein gibt sich hier nicht mehr österreichisch wie in der Kurfürstenstraße, sondern amerikanisch. Durch die heruntergezogenen Glasscheiben läßt sich die oft aufgesetzte Hektik mancher Passanten gut beobachten, häufig wirkt sie wie aus den Hollywoodfilmen abgeschaut, die vorgeben, in New York zu spielen. Selbst Fahrradfahrer scheinen hier energischer als anderswo in die Pedale zu treten, manche können, während sie Fahrrad fahren, noch telefonieren.

An der Stelle, wo die Mauerstraße auf die Friedrichstraße trifft, wird eines Tages vergessen sein, daß die Mauerstraße ihren Namen schon lange vor der Mauer von der ehemaligen Stadtmauer hatte. Auf dem leeren Eckgrundstück erinnern die weichen Formen der letzten DDR-Straßenlaternen an die Zeit, in der die Sektorengrenze weiträumig ausgeleuchtet war. Die alte, viel fotografierte Wandschrift wirbt noch immer für die Neue Zeit, die Ost-Tageszeitung, die es schon lange nicht mehr gibt. Daß hier einmal, von 1961 bis 1989, die Mauer stand, muß Touristen und Nachgeborenen mittlerweile erklärt werden, nur ein schmales Metallband markiert den Verlauf im Asphalt. Trotzdem bleiben beim Gang von Mitte nach Kreuzberg Übergangsgefühle spürbar. Grenzlinien ziehen sich, sichtbar oder unsichtbar, zwar auch anderswo durch die Stadt – nirgendwo aber wäre eine Maßhemdenschneiderei nur hundert Meter weiter südlich so undenkbar wie hier.

Am Checkpoint Charlie wechseln das Straßenpflaster, die Laternen und der Bezirk. Auf einer kleinen Mittelinsel steht der Leuchtkasten mit den großen Porträts, die Frank Thiel von einem sowjetischen und einem amerikanischen Soldaten gemacht hat, auf dem Bürgersteig steht ein weiterer Leuchtkasten mit einem Plan von Kreuzberg. Investitionswunderland ist zu Ende, eine leere Hemdchentüte weht vor dem renovierten Café Adler übers Pflaster. Der angloindische Kulturtheoretiker Homi K. Bhabha, der einmal dort auf dem Bürgersteig saß und Kaffee trank, sagte, Berlin erinnere ihn an Bombay.

So gegensätzlich die beiden Hälften der Friedrichstraße vor der Maueröffnung waren, so wenig haben sie heute miteinander gemeinsam. Heute ist der Westen alt und Mitte neu; früher war es umgekehrt. Unvoreingenommene Besucher des Mauermuseums könnten den Westen für den Osten

21

halten, denn an dieser Stelle erfüllt der Westen das Klischee, das früher für den Osten galt: ästhetisch weit abgeschlagen zu sein und irgendwie hinter der Zeit zu liegen.*

Das erste kurze Stück der Kreuzberger Friedrichstraße lebt noch von der Erinnerung an die Mauer, Foto Klinke verkauft hier viele Filme, russische Straßenhändler bieten Devotionalien des untergegangenen Sozialismus feil. Hinter der Kreuzung Kochstraße wird die Friedrichstraße sehr viel ruhiger. Auf der rechten Straßenseite liegt der Polizeiabschnitt 53, die Wache zeigt dem Bürgersteig die Uhr. Ein Neubau mit betonverblendeten Wannenbalkonen hält eine Hinweistafel, die verrät, daß an dieser Stelle einst das Apollotheater stand, in dem Eisensteins »Panzerkreuzer Potemkin« seine deutsche Erstaufführung erlebte. Der Adler auf dem Landesarbeitsamt schaut nach Norden, nach Mitte – dorthin, wo es heute Arbeit gibt. Kreuzberg hat die höchste Arbeitslosenrate aller Berliner Bezirke. Auf der unteren Friedrichstraße ist es nachts dunkler als in Mitte. In Mitte leuchten

---

* Zur Berlin Biennale 2012 wurde die Mauer in der Friedrichstraße wieder aufgebaut. Die Künstlerin Nada Prlja errichtete eine zwölf Meter breite und fünf Meter hohe, »Peace Wall« genannte Installation. Wollte sie damit sagen, daß Berlin und diese Straße noch immer geteilt sind? Daß der nördliche Teil (in Mitte, im alten Osten) heute reicher ist als der Süden (Kreuzberg, früher Westen)? Vielleicht. Einige Anwohner und Geschäftsleute beschwerten sich bald über die neue Mauer Höhe Besselstraße, sie schneide sie von ihren Kunden ab, meinten sie, grenze ihre Bewegungsfreiheit ein. Andere freuten sich über die Verkehrsberuhigung.

die neuen Doppelkandelaber viel heller als die gewöhnlichen Kreuzberger Straßenlaternen, in deren Schein die Straße sich verliert. Links sind Lücken mit flachen Barackenbauten gefüllt, Läden stehen leer, eine Schaufensteraufschrift verspricht ein Gartenlokal. Die Imbißbude vor dem eingezäunten Abstellplatz eines Gebrauchtwagenhändlers auf einem leeren Eckgrundstück ist exemplarisch für ein Stück West-Berlin. Auf der linken Seite liegt, zurückgesetzt, die Halle des Blumengroßmarkts. Stadtrandgefühle kommen auf, nur Fußminuten entfernt von einem U-Bahnhof, der sich Stadtmitte nennt. Die Hausnummern werden immer höher, Lampenläden, Käsegeschäfte, ein Bioladen und verstaubte, leerstehende Ladenlokale wechseln sich ab. Eine Änderungsschneiderei, keine Maßhemdenfertigung, vom Glamour der großen Marken ist nichts mehr zu sehen. Selbstausgeschnittene Klebebuchstaben schreiben »Krankengymnastik« auf eine Schaufensterscheibe, ein Café heißt »Café Persil«, ein Imbiß »Aladin«. In der Auslage eines Geschäfts sind Naturfaserkleider, Backpinsel und Bürsten aller Art zu sehen: Tassenbürsten, Flaschenbürsten, grobe Handfeger, Schuh-, Spül- und Scheuerbürsten warten auf Käufer. Den Häusern der Bauausstellung von 1987 – damals wurden Blockbebauung, Korridorstraße und Traufhöhe wiederentdeckt – hängen zitierte Erker und Giebelchen in der Fassade. Ein kleiner Bagger parkt am Straßenrand, ein Hund liegt auf der Straße und gähnt, der Boden vibriert nur von der immer wieder unter dem Pflaster durchfahrenden U-Bahn.

Von der Vorkriegsbebauung blieb hier kaum ein Stein auf dem andern. Von Bombenlücken zu sprechen, trifft die Sache nicht, von der ganzen südlichen Friedrichstadt ist nicht mehr als ein Stelenfeld vereinzelt stehender Altbaublöcke übriggeblieben. Sie ragen wie Monolithen aus dem Schlachtfeld, nach dem Krieg haben sie auch den Sanierungskrieg überlebt. Ein sehr großflächiges Mahnmal entstand hier ganz absichtslos. Die Friedrichstraße ist, wie viele Straßen Berlins, eine, der man fast alle Zähne ausgeschlagen hat. Die Zeilenbebauung hat Karies und hin und wieder viel zu große Plomben in den Lücken. Wer es nicht besser weiß, könnte glauben, ein großes Erdbeben hätte diese Stadt heimgesucht. Mancher Besucher hat sich beim Anblick der freigebombten und abgeräumten Flächen schon an die Erdbebenlücken von Mexiko-Stadt erinnert. Wer die südliche Friedrichstraße in der Nacht hinunterspaziert, sieht in der Fluchtlinie sechs weiße Neonbuchstaben, die sich zu dem verkürzten Imperativ »Gedenk« zusammensetzen, erst am Halleschen Tor entpuppt sich das Memento im Nachthimmel als die Dachbeschriftung der Amerika-Gedenkbibliothek, die von der anderen Seite des Landwehrkanals herüberleuchtet.

Die Friedrichstraße endet in einer Fußgängerzone, die in den Mehringplatz mündet. Letzterer ist zum Landwehrkanal hin verbaut. Die Nachkriegsveränderungen haben aus dem letzten Stück der Friedrichstraße eine Sackgasse, einen stummeligen Wurmfortsatz gemacht. Linden- und Wilhelmstraße münden nicht mehr in das ehemalige Rondell, den alten Belle-Alliance- und heutigen Mehringplatz. In seiner jetzigen Gestalt ist der Platz aus einer Epoche überkommen, die sich dem Anspruch, alles neu und viel besser zu machen, übereifrig verpflichtet fühlte. Jeder Zeit die Architektur, die sie verdient: Um den runden Platz liegen Wohnbunker in Doppelreihe. Ihre Balkone sind mit Betonplatten gesichert, die man für Kugelfänger halten könnte. Vielleicht dachten die Planer, hier könnte bei einem kommunistischen Überfall das letzte Widerstandsnest des freien Westens liegen? West-Berlin hat sich an dieser Stelle im Kleinen noch einmal selbst eingemauert. Die Häuser stehen wie eine Betonwagenburg im Kreisrund, der Platz scheint nicht vergessen zu haben, daß er Belle-Alliance nach Blüchers Heerlager bei Waterloo hieß, und daß am Halleschen Tor bis in die letzten Apriltage des Jahres 1945 gegen die Rote Armee gekämpft wurde. Von der ehemals barocken Platzanlage des Rondells ist nicht mehr viel zu ahnen, die Sanierungsidee vom verkehrsfreien Dorfanger zwischen den Häusern ist verlorengegangen. Der Architekt Werner Düttmann hat in der ursprünglich von Hans Scharoun skizzierten Anlage selbst die Schießschartenfenster und Bunkerschlitze nicht vergessen. Kein Wunder, daß die Kneipen in dieser Umgebung vor lauter Sehnsucht nach einer anderen Zeit Zum Eisernen Gustav heißen müssen. Die Videothek ist abends sehr gut besucht, und fast jeder Balkon trägt eine Satellitenantenne. Vielleicht werden andere eines Tages ähnlich entgeistert auf die Reste des »Neuen Berlin« und seine Friedrichstraße schauen. Für die Ewigkeit wird zum Glück nur noch selten gebaut.

Am Mehringplatz dröhnt Musik aus einem Übungskeller, und wie ein Verirrter aus einer anderen Welt radelt ein Anzugträger mit Fahrradklammern am Hosenschlag durch die Fußgängerzone. Wahrscheinlich wohnt der junge Anwalt in einem der renovierten Altbauten um den Chamissoplatz, die so oft als Filmkulisse herhalten müssen. An das 19. Jahrhundert erinnert auf dem Mehringplatz nur noch eine Brunnensäule von Cantian, auf der eine Viktoria von Christian Daniel Rauch über allen Niederlagen steht. Unter der Hochbahn am Halleschen Tor, die man durch eine Öffnung des Betonrings sieht, sitzt ein Bettler mit Bart. Wer die Friedrichstraße bis hierher zu Fuß hinuntergegangen ist, hat den Rolls-Royce im Schaufenster an der Ecke Unter den Linden wahrscheinlich schon vergessen.

Seit dem Sommer 2012 geht es so: Wer mit der U6 aus dem Wedding nach Kreuzberg fahren möchte, hört am Bahnhof Friedrichstraße eine Lautsprecherstimme rufen: »Please walk from Friedrichstraße to Französische Straße«. Die U6 ist unterbrochen, Unter den Linden wird ein neuer Kreuzungsbahnhof gebaut. Die Stationen Friedrichstraße und Französische Straße sind zu provisorischen Endbahnhöfen geworden, sie zwingen die Fahrgäste hinauf ans Tageslicht, U-Bahnfahrer werden zu Fußgängern. Oben auf der Friedrichstraße können sie bemerken: Es ist einiges los.

Fußgängerströme wälzen sich über die Gehwege, kommen in Wellen. Fußgänger weichen einander gekonnt oder unbeholfen aus, drängeln, bleiben stehen, rempeln. Rollkofferpiloten ziehen, Kinderwagenschieber schieben, Vierzehnjährige rauchen ungeübt im Gehen. Einer steht an der Ecke, schreibt etwas in ein Notizbuch, bückt sich und hebt eine 1-Euro-Münze auf. Das Geld liegt hier, so sieht es aus, auf der Straße.

Schnellgeher eilen, Passanten schlendern, Tütenträger schlenkern mit ihren Tüten, sie alle folgen den auf dem Pflaster klebenden Folien-Fußabdrücken in BVG-Gelb. Die Fußstapfen sollen zum nächsten Eingang in den Untergrund führen. Einige sind schon abgetreten und eingegraut, andere sehen aus, als hätten Ratten ihnen nachts eine Zehe abgeknabbert.

Eine Mützenparade zieht die Friedrichstraße hinauf und hinunter, es ist noch Winter. Bommelmützen sind jetzt oft zu sehen, kaum jemand geht ohne Schal. Und wie verschieden Menschen gehen können, die Straße ist ein Laufsteg. Eine Mutter hat zwei leere alte Bilderrahmen über den Griff ihres Kinderwagens geschoben.

Auf dem Weg zwischen den beiden Stationen, immer den gelben Fußstapfen folgend, könnte einem der gezwungenen Fußgänger auffallen, daß die Friedrichstraße wieder zu der engen Schlucht geworden ist, die sie vor dem Krieg schon einmal war. Noch vor ein paar Jahren lag hier ja, vom Stadtbahnhof kommend Richtung Linden gehend rechter Hand, eine grüne Wiese. Mit einem mickrigen Baum in der Mitte. Ja, es war weitläufiger hier. Und gegenüber standen keine

Gebäude zu Füßen des IHZ-Hochhauses, es gab da keine Blockrandbebauung. Es war eine Freifläche.

Auch an der Ecke Unter den Linden befand sich einmal, dem mit sprossenlosen Fenstern verunstalteten Haus der Schweiz gegenüber, ein kleiner Stadtplatz. Ein Vorplatz zum dann abgerissenen Hotel Unter den Linden. Heute steht dort ein unförmiger travertinverkleideter Kasten, der sehr teuer aussehen möchte, die Desasterflughafen-Architekten GMP haben ihn entworfen. Seinen dummen Namen (»Upper Eastside Berlin«) hat dieser polierte Investorentraum sich redlich verdient. Wo einst Parkbänke und Blumenkübel herumstanden, hat nun eine Kettenparfümerie ihre Verkaufsfläche. Wechselnde Senatsbaudirektoren feiern das als Wiederherstellung des historischen Stadtbilds.

Von der vermeintlich sagenhaften Kreuzung der Friedrichstraße mit den Linden (einst für das Café Bauer und das Vorkriegskranzler berühmt) ist in diesen Monaten nicht viel zu sehen. Eine babylonische Baustelle und ein Bauzaunlabyrinth haben sich ausgebreitet, Versorgungsleitungen werden jetzt oberirdisch auf wehrgangartigen Stahlkonstruktionen geführt. Die U6 fährt vielleicht bald wieder, die Verlängerung der U5 jedoch, für die hier gebuddelt wird, soll erst im Jahr 2019 fertig sein. 2019? Wer glaubt solchen Prognosen?

Auf dem zur Info-Tafel umfunktionierten Bauzaun gibt es, das gehört zur Inszenierung der Baustelle, ein Bild der

Tunnelbohrmaschine, genannt »Maulwurf«. Es heißt: »Die U5. Für mehr Mittendrin.« Mittendrin in der Stadt befindet sich nun erst einmal ein gigantisches Loch, das sich durch rahmengeschmückte Fenster im Zaun betrachten läßt. Die Baustelle wird so zur Schaustelle, sie zeigt sich hinter Plexiglas und beweist der Stadt: Hier geschieht etwas. Kinder und große Kinder, meist Männer, bleiben stehen und schauen sehnsuchtsvoll auf Bagger, Beton und Armierungseisen. In der Gemäldegalerie, dort haben die Bilder ähnliche Rahmen, ständen sie weniger versunken da.

Die Arkadengänge vor den Schaufenstern der VW-Dependance wurden seitlich geschlossen und sind so Geh-U-Bahn und Einkaufshöhle geworden. An ihrem Ein- bzw. Ausgang sitzt, strategisch gut plaziert, eine Bettlerin und ruft: »Please, please!« Ja, Berlin ist wieder Weltstadt, hier wird nun international gebettelt.

Friedrichstraße, denkt der Fußgänger, du hast es geschafft. Du bist belebt, wie lange nicht mehr. Ja, du wirkst beinah – gäbe es dieses Adjektiv, es könnte passen: manhattig. Ein wenig wie New York City um die Penn Station herum. Und das ist erstaunlich, denn vor fünfzehn, bald zwanzig Jahren war hier doch noch sehr viel Brache. Und manchmal war es zum Fürchten leer. Und vor fünfundzwanzig Jahren war die U6 unter diesem Pflaster eine Geisterbahn, und der Bahnhof Französische Straße ein Geisterbahnhof, in dem kein Zug hielt. Damals war die U6 eine West-Berliner U-Bahn, die Ost-Berlin nur unterquerte.

Heute jedoch glückt die Simulation einer belebten, geschäftigen Stadt; die Neunziger-Jahre-Lochfassaden-Kulissen sind gefüllt – es gelingt mit Hilfe des kleinen Tricks, die U-Bahn zu sperren und die sonst unsichtbar unter dem Pflaster Hindurchrollenden aus dem Untergrund an die Sonne zu zwingen. Und sie zu zwingen, sich zu bewegen. Eigentlich nicht die schlechteste Idee. Hatte da eine große Krankenkasse ihre Hand mit im Spiel? Vielleicht sollten öfter irgendwo in Berlin die Strecken zwischen zwei Stationen gesperrt und Fahrgäste zum Spazieren gezwungen werden. Sie würden mehr von Berlin kennenlernen. Und eventuell sogar Geschmack am Gehen finden.

Es gibt Fußgänger, das fällt auf, die fast doppelt so schnell wie der Rest durch die Menge pflügen. Und es läßt sich beobachten, wie Passanten einander ausweichen. Wie die Körper zweier Fußgänger sich schon aus einiger Entfernung durch Andeutungen, fast unmerkliche Zuckungen, zu verstehen geben, an welcher Seite sie aneinander vorbeigehen wollen, die Körperkommunikation funktioniert auf Entfernung. Manchmal gibt es jedoch Mißverständnisse. Oder ungeübte Geher reagieren nicht, gehen einfach quer oder starren auf ihre Telefone, gelegentlich kommt es zu Fußgänger-Kollisionen.

DIE BEAMTENSCHLIESSFÄCHER VON MOABIT

Manchmal lieben Architekten die große Idee. Für die Beamtenwohnungen auf dem Moabiter Werder hatte Georg Bumiller den Einfall, ein langes Gebäude ohne auffällige rechte Winkel zu errichten. Eine Idee, die aus der Luft und im Modell entzückt, weil die Durchformung des Baukörpers von Architekturpoeten leicht als Modulation des Spreebogens, als Aufnahme der Stadtbahnschwingung oder als eine gekippte Antwort auf die Bögen des Viadukts gedeutet werden kann. Irgendein abstrakter Bogen läßt sich in der aufgeladenen Umgebung des »Bandes des Bundes« immer schlagen. Bei Überprüfung vor Ort wiegt die gebaute Wirklichkeit des fünfhundert Meter langen Lindwurms schwerer, als die Leichtigkeit und Verspieltheit des Entwurfs in der Aufsicht suggerierten.

Der Spaziergänger, der abends den Stadtbahnviadukt unterquert und auf den Moabiter Werder tritt, hat Berlin, wie er es kennt, verlassen. »So wird es hier bald aussehen«, verkündet eine bedruckte Folie vor einem noch vermauerten Stadtbahnbogen, der unter dem neu gegossenen Gleisbett aus Beton liegt. Die Planer scheinen vom Savignyplatz zu träumen, die potemkinsche Kneipe auf der Plastikfolie ist gut besucht.

Die Erschließungsstraße zwischen der »Schlange« und den einzelnen Blöcken mit Lichthöfen, die näher an der S-Bahn stehen, heißt Joachim-Karnatz-Allee und hat noch keine Bäume. Dafür aber auffällig viele Straßenlaternen, die auf dem sehr breiten Mittelstreifen in Doppelreihe stehen. Ihr Licht fließt aus runden, schräg gestellten Milchglas-Streuscheiben auf das Bodengranulat. Die Straße ist ungefähr so breit wie die Straße der Toten in Teotihuacán. Und, obwohl nicht so verfallen, viel weniger gut besucht. Die Lampeninstallation wirkt wie das Leuchtfeuer einer Landebahn, die Straße ist leer wie ein Platz auf einem Gemälde von Giorgio de Chirico. Vielleicht ist hier immer Sonntag.

Links steht ein Haus mit Spitze, ein Tortenstück wie das Flatiron-Building. Wo die Weite und Leere der Umgebung diese Form nicht vorschreiben, wirkt sie allerdings gewollt. An der abzweigenden Straße parkt ein Lieferwagen mit der Aufschrift »Fea-Steuerungstechnik«. Der Besitzer scheint nicht zu wissen, daß das spanische Wort »fea« »häßlich« heißt.

Um den Namen »Schlange« darf das lange Gebäude sich mit der gigantomanischen Wohnanlage streiten, die in den siebziger Jahren über der Stadtautobahn an der Schlangenbader Straße errichtet wurde. Auf den Vermietungsplakaten, die an der Moabiter Hauswand hängen, ist vom »Wohnen im Spree-Bellevue« die Rede.

Abends gehört das hellste Fenster in der strengen Lochfassade der Wohnanlage dem Vermietungsbüro, ganze Blöcke liegen im Dunkeln. Nur die Fernsehturmspitze blinkt am Ende der Landebahn. Alle paar Meter gähnt ein offener Bunkerunterstand, der sich beim zweiten Hinsehen als Tiefgarageneinfahrt entpuppt. Spaziergänger könnten sich an die charmante Künstlichkeit des Viertels erinnern, das in Barcelona für die Olympischen Spiele am Puerto Olímpico erbaut wurde. Nur liegt hier leider kein Meer vor dem Fenster, hier rauscht nur die S-Bahn vorbei. Manchmal gewährt eine der wenigen erleuchteten Wohnungen Einblick: ein Monet-Poster und ein Hochbett in Kiefer. Am Ende der Allee ohne Bäume gibt es einen kopfsteingepflasterten Wendeplatz, genau in der Fluchtlinie steht eine blau-violette Miettoilette »Modell SL«. Und wie die aufgeklebten Piktogramme verraten, von Männern und Frauen zu benutzen. Gleich dahinter ragen die Betonfertigteile der Mauer zum Garten des Bundeskanzleramtes auf. Schlecht informierte Besucher könnten sie leicht mit einem anderen, heute weitgehend verschwundenen, zu seiner Zeit aber weltbekannten Berliner Bauwerk verwechseln. Dabei ist die Mauer zum Bundeskanzlergarten noch nicht einmal bemalt. Auf den Seitenstreifen stehen abends nur sehr wenige Autos. Fünf Wagen haben das amtliche Kennzeichen des Landkreises Siegburg, die Stadt Bonn ist neunmal vertreten. Dazwischen parken noch mindestens zehn weitere Autos mit in Berlin seltenen Kennzeichen. Auf einem Wagen aus Gelsenkirchen klebt der Aufkleber »Musiktheater im Revier«, auf einem weißen Golf, Sondermodell New Orleans, ein Aufkleber mit dem Schriftzug des Deutschen Bundestags.

Interessenten aus dem Rheinland, die hier nachmittags nach einer »Zwei-Zimmer-Wohnung« fragen, hören von der jungen blonden Frau im Vermietungsbüro: »Ja, wir haben noch Zwei-Raum-Wohnungen.« Auf dem Flipchart-Block im Vermietungsbüro steht »Kopie des Personalausweises« und »Bonitätsprüfung«. Letzteres Wort ist unterstrichen und eingekreist: Eine Wohnung mit zweiundsechzig Quadratmetern kostet dreizehnhundertsechsundfünfzig Mark. Dafür liegt immerhin Parkett in beiden Zimmern, und die Heizkosten, auch für den Handtuchhalter im Badezimmer, sind inbegriffen. Die Einbauküchenzeile kostet noch einmal achtzig Pfennig pro Quadratmeter extra, die Decke hängt zwei Meter siebenundfünfzig über dem Boden. Der Blick aus dem Fenster im sechsten Stock geht auf der einen Seite über den Tiergarten auf den grünen Fingernagel des Abluftkamins, der das debis-Hochhaus in den Himmel verlängert. Die andere Seite der Wohnung schaut über die Stadtbahn nach Moabit hinein. Bewohner klagen über fehlende Balkone, fehlenden Sonnenschutz und ärgern sich darüber, daß man seine Kleider nicht lüften kann. Vielleicht hat die geringe Akzeptanz der Schlange nichts mit dem Bau selbst zu tun. Kein Neubau kann die Sehnsucht nach dem Altbauwohnen in großbürgerlicher Wohnraumhülle einlösen. Nach Jahren in St. Augustin-Mülldorf träumen westdeutsche Bundesbeamte von Flügeltüren und Stuck an hoher Decke, vielleicht ist Berlin auch aus diesem Grund Hauptstadt geworden. Wer aber vom Moabiter Werder abends nach Mitte zum Gendarmenmarkt, dem paradigmatischen Ort des Retro-Reko-Berlins spazieren wollte, müßte dazu die Mondlandschaft um den Lehrter Stadtbahnhof durchwandern. Dann doch lieber gleich in eine Wohnung nach Wilmersdorf ziehen, Helmut Kohl hat es vorgemacht.

Jenseits des S-Bahnviadukts liegen sich zwei freigebombte Eckgrundstücke gegenüber, eine Tankstelle auf der einen, ein Flachbau, in dem sich ein Aldi-Markt befindet, auf der anderen Seite. An den Aufbau-Häusern der Lüneburger Straße sind auf fast allen Balkonen Satellitenschüsseln gewachsen. Wie eine schwere Akne überziehen sie die ganze Fassade. Die Häuser des Aufbau-Programms haben immerhin Balkone. Vielleicht wäre die eine oder andere Wohnung für Beamte frei.

»Moabit, auch Morbid genannt, die Welt der Wasserpistolen und Rußpartikel, in der die Eltern meiner Mitschüler sich als Busfahrer oder Bauschlosser verdingten«, schreibt der Schriftsteller Claudius Hagemeister über seine dort verbrachte Siebziger-Jahre-Jugend. »In den siebziger Jahren bewohnte man hier Ladenwohnungen und veranstaltete Lesekreise, die heute im Bayerischen Viertel abgehalten werden«, könnte Michael Rutschky erzählen. Damals träumte kein Traum davon, daß die Umgebung des Moabiter Gefängnisses sich eines Tages »Regierungsviertel« nennen würde.

In einer der vollbesetzten S-Bahnen, die Richtung Erkner, Ahrensfelde oder Schönefeld am Fenster der Küche mit Einbauzeile vorbeifahren, fällt manchmal das Wort »Beamtenschließfächer«. Eine Architekturmetapher, in der viel von dem Wunsch steckt, Abgeordnete wie lästige Gepäckstücke wegzusperren. Und nur bei Bedarf von außen zu öffnen.

Ein Freund wohnte später dort mit seiner Frau, einige Jahre lang, ich war öfter zu Besuch. Im Wohnzimmer, daran erinnere ich mich, gab es einen durch Glaswände abgeteilten Wintergarten, in diesem Glaskasten stand sein Schreibtisch.

Mir gefiel, daß alles funktionierte. Alles war neu und fast perfekt: das Parkett, die Einbauküche, die Fenster. Und weil diese Fenster so gut schlossen, kein Laut drang herein, gab es kleine Frischluftschieber am Rahmen. Hätten die Bewohner sonst ersticken können?

Mir gefiel auch der Blick hinaus ins Grüne, der Tiergarten lag vor der Tür. Die niedrige Fensterbrüstung war verführerisch – und leider gefährlich. In einer Nachbarwohnung kletterte ein zweijähriges Kind über die Sicherungsstange hinaus, fiel hinunter und war tot.

Die Frau des Freundes zog eines Tages aus, die beiden ließen sich scheiden, er blieb allein in der Wohnung – bis er schließlich eine andere Frau und eine neue Wohnung in einer richtigen Gegend fand.

WAGENBURG

Vom Görlitzer Bahnhof ist nur der Name der nahe gelegenen Hochbahnstation geblieben. Heute ist das ehemalige
Bahngelände, an dessen hinterem Rand zu Mauerzeiten die
Welt zu Ende war, ein gut besuchter Park. An seinem Ende
überspannt eine alte Bahnbrücke den Landwehrkanal. Schon
seit 1991 liegt dort, auf der Treptower Seite, gleich auf dem
ehemaligen Todesstreifen, die Wagenburg Lohmühle.

Von oben bietet die bunte Bauwagenversammlung einen
malerischen Anblick. Daß hier, im Niemandsland zwischen
den Bezirken, einmal ein Wachturm im Minenfeld der Sektorengrenze stand, könnte schon fast vergessen sein, hätte
der Bezirk Treptow nicht den Uferstreifen bis auf die nackte
Erde roden lassen, um einen Uferwanderweg anzulegen. Ein
schmales Stück am Ufer sieht nun wieder aus wie einst der
Todesstreifen. »Achtung Kanal, Eltern paßt auf Eure Kinder
auf« steht auf einem überpinselten Verkehrsschild.

Ein leicht vergilbter Zettel, der den Winter auf einer Bau-
wagenwand überstanden hat, kündigt einen Film über die
»Basisorganisation des Widerstands in Chiapas« an. Kleine
Hügelketten sind aufgeschüttet und ins Gelände modelliert,

39

Erde ist bepflanzt, Steingärten sind angelegt und Beete einge-
faßt worden. Die Spiele im märkischen Sand erinnern an
den teutonischen Sandburgenbau an Nord- und Ostseesträn-
den oder auch an die gepflegte Übersichtlichkeit eines Schre-
bergartens. Da finden sich noch verrostete Straßenbahngleise
aus Vormauer- und Vorkriegszeiten in dem überwucherten
Kopfsteinpflaster. Und nicht lange her, da lagen hier noch
ausgegrabene Grenzpfähle herum.

Die wallartige Befestigungsanlage schützt die Idylle, der
Büroturm der Allianz winkt wie aus dem Himmel einer anderen Welt herüber. Auf der anderen Seite der Kiefholz-
straße wird ein »Zentrum für Mode und Design« gebaut.
Ein mit silberfarbenem Klebeband umwickeltes Ofenrohr
raucht, ein Geschirrtuch flattert auf der Leine. Neben einem
Hackblock liegen Holzscheite – fehlen nur die Axt und eine
Frau im Dirndl und der Berghütten-Heimatfilm könnte beginnen. Die Bewohner scheinen sich nicht daran zu stören,
daß sie von der Brücke aus einsehbar und unter ständiger
Beobachtung vorbeikommender Jogger und Spaziergänger
leben. Zaungäste könnten die Wagenburg für den dauerbe-
wohnten Teil eines Freilichtmuseums halten. Wenn es nicht
regnet, liegt das Wohnzimmer zwischen den Wagen.

Für die Bewohner der Wagenburg scheinen Wohnen und
Hausen – ähnlich wie in dem bekannten Wohncontainer in
Köln-Hürth – Aufgabe und Beschäftigung zu sein. »Zwan-

zig Menschen, Kinder und Tiere« leben hier miteinander, erfährt der Spaziergänger aus dem frisch gestrichenen Informationskasten auf dem Bahndamm, in dem die Wagenburgbewohner Öffentlichkeitsarbeit betreiben. Und ihre Mobiltelefonnummern bekannt geben. Gegner der Wagenburg wenden ein, es sei Platzverschwendung und sozial ungerecht, so wenigen Menschen so viel Platz zu überlassen. In einem hübschen Mehrfamilienhaus könnten alle viel sparsamer beieinander wohnen. Anderswo in Europa, in Lissabon beispielsweise, gelten solche Siedlungen auf leeren Grundstükken zwischen den Wohnblöcken von Portela als Ausweis der Armut. Und in den USA nimmt der Trailerpark die unterste Stufe in der sozialen Hierarchie der Behausungen ein. Die Bewohner der Wagenburg Lohmühle hingegen spielen den durchschnittlichen Stadtbewohnern gegenüber die Rolle des letzten unberührten Urwaldindianerstamms. Sie verzichten bewußt und führen eine Alternative vor, die eigentlich keine sein kann. Würden alle so leben, bliebe nirgendwo ein freies Plätzchen, und es gäbe bald auch keine »Tierwohnungen« mehr zu verteidigen, von denen auf einer der zahlreichen Hinweis- und Erläuterungstafeln die Rede ist. »Jetzt ist alles weg, Bäume, Sträucher und Tierwohnungen, und es gibt einen Baustopp, der Bezirk hat kein Geld«, heißt es da beispielsweise über die Rodung des Uferstreifens. Zum Ausgleich haben die Wagenburgler angefangen, Regenwürmer zu züchten. Die Würmer – es handelt sich dabei um die besonders gefräßigen Tennessee-Wiggler – dürfen in alten Badewannen Altpapier kompostieren. Dabei bleiben nur vier Prozent der Ausgangsmasse an eingeweichtem Zeitungspapier übrig. Wieso soll man seine alten Zeitungen da noch in die Altpapiersammlung geben? Die »Rennstrecke der belesenen Regenwürmer« könnte als Installation in einer Ausstellung zeitgenössischer Kunst gezeigt werden. Hier, zwischen den Bauwagen, steht sie allerdings unter dem ökologisch-alternativen Überbau, der sich wie eine große ideologische Plane über die zusammengeschobenen Bau- und Zirkuswagen spannt. Unter ihr kann Zivilisationsverzicht als Fortschritt verkauft werden, hier werden Erdkühlschränke gegraben und biologische Kläranlagen gebaut. Aus ausrangierten Badewannen. Frischwasser muß in Kanistern zu den Wagen geholt, Feuerholz gesucht, geschnitten und gehackt werden. Daneben hat man das preisgekrönte, futuristisch muskelkraftbetriebene »Silenciumobil« gebaut. Und in einem Zelt nah am Wasser geht der Bau eines Sperrholzkatamarans voran, der schon bald über den Atlantik segeln soll. Weniger seetüchtig wirkt der Wagen, der wohl einmal als Schiff verkleidet in einem Karnevalszug mitfuhr. Der kleine Kutter, in den er sich verwandelt hat, heißt »Pottsau«. Nicht weit daneben parkt ein alter, orangefarbener Magirus-Lastwagen mit der Aufschrift »Kunstraummobil«. Von »Kunst-

nomaden« kündet ein Schriftzug auf einem anderen Bauwagen. Der Ausstellungswagen hat geöffnet und zeigt bei
freiem Eintritt Bilder von Bäumen, Ästen und Borken. Die
Erinnerung an Fernurlaube hat das heute nicht bewirtschaftete New Cashmere Gift House mit einer kleinen Holz-
veranda hinterlassen. Und die vier Badewannen auf Klauen-
füßen, die auf ihre Verwandlung in eine Kläranlage warten,
stehen in der Landschaft und spielen Kunst.

Mittwochs laden die Bewohner und der Kulturverein
Kulturbanausen in das große Gemeinschaftszelt namens
»Bundeskanzleramt« zur Filmvorführung ein. Die Filmpla-
kate der Ankündigung sind selbstgezeichnet. Wer sich einmal dorthinein und nicht in ein Multiplex verirrt, erlebt
Kino, wie es einmal gewesen sein muß in der Zeit, als Kino-
vorführwagen auf die Dörfer kamen. Clifford Geertz be-
schrieb einmal eine Videovorführung auf Java, die so ähnlich
verlaufen sein könnte. Nur daß draußen vor dem Zelt keine
Hähne miteinander kämpfen, hier balgen sich bloß ein paar
Hunde. Innen im Zelt riecht es nach Bier, Haschisch,
Schweiß und Rauch. Kommen mehr Gäste als erwartet, werden Klappstühle neben die Bierbänke gestellt. Der Videobea-
mer steht auf einem selbstgezimmerten Regal, ein kleiner, auf
das oberste Brett genagelter Ventilator sorgt für zusätzliche
Gerätebelüftung. Links neben der Leinwand steht auf einem
Bücherregal die Bibliothek der Wagenburg, rechts trocknet

Feuerholz. Durch die Rodung des Uferstreifens ist man gut versorgt, im Winter ist das Zelt – von außen mit beunruhigend unökologisch aussehenden Schaumplatten isoliert – sogar beheizbar.

Die Wagenburg ist ein großes Stilleben, in dem eine blecherne Milchkanne ohne besonderen Grund auf einer Bauwagendeichsel steht, hier wird vielleicht für die Kulisse eines Films von Kusturica gesammelt. Alles kann ja vielleicht irgendwo noch gebraucht werden. Ein Kinderwagengestell, zweckentfremdet zum Holztransport, Fahrradfelgen, ohne erkennbaren Nutzen auf eine Bauwagenwand genagelt – eine Collage der Dinge wie von Spoerri oder Tinguely.

Schön muß es sein, hier im Vogelzwitschern aufzuwachen, denkt der Jogger auf dem Bahndamm, die Szenerie unter ihm weckt vielleicht Erinnerungen an das Zigeunerlager in dem James-Bond-Film »Liebesgrüße aus Moskau«, an Planwagentrecks, an die Marlboro-Werbung und ihr Lagerfeuer. Auch hier steht der Eßtisch im Freien; der Teekessel, die Weinflasche und das noch nicht ganz ausgetrunkene Rotweinglas vom Abend zuvor warten noch draußen neben dem Kinderstuhl. Daneben ein Kettcar, ein Kinderfahrrad, ein Schlauchboot, ein Faltboot und ein rotweiß gepunkteter Sonnenschirm. Ein Vogelhaus, eine Wippe, blühende Sträucher, eine Schaukel und eine Bank.

Und als wär' es eine Westernstadt in einem Film von John

Ford, steht auf einem der Hügel aus nackter Erde ein Grab-
kreuz aus verkohlten Holzbohlen. Vielleicht liegt hier ein
Hund begraben, vielleicht aber ist hier bloß ein Abenteuer-
spielplatz, auf dem sich auch große Kinder austoben dürfen.
Nicht weit von dem verkohlten Holzkreuz findet sich, als
wär das Ganze ein deutschrömisches Gemälde aus der Alten
Nationalgalerie, eine beachtliche Spolie aus rotem Sandstein
im Unkraut. Als würde hier alles für spätere Ausgrabungen
vorbereitet.

Verwunderlich fast, daß die Werbung die Wagenburg noch
nicht entdeckt hat, »Liberté toujours, heute mach' ich mal,
was mir gefällt«, könnte der Wagenburgbewohner sich jeden
Tag sagen. Und dann noch einen Erdkühlschrank graben,
sich um die Regenwurmzucht kümmern oder ein Filmplakat
zeichnen. Er könnte auch mit dem alten Mistral-Surfbrett,
das hier seit Jahren an einem der Wagen lehnt, auf den Kanal
hinauspaddeln. Und für die anstehende Atlantiküberque-
rung üben.

Es gibt die Wagenburg noch immer, ich bin wieder da, mit der Tochter, heute findet eine Lesung statt. Fast wie im Literaturhaus – bloß daß die Zuhörer im Freien sitzen. Wer auf die Toilette muß, hat die Wahl zwischen einem Dixi- und einem Plumpsklo. Ein kleiner Windgenerator dreht sich, ein Dalmatiner räkelt sich in der Sonne.

Über der Freiluftbar hängt eine aus roten Kunststoffeimern zusammengefügte Skulptur, Björn Kuhligk liest Gedichte, die mir gefallen. Die Tochter erkundet das Gelände; bevor die nächste Lyrikerin ihre Lesung beginnt, folge ich ihr und sehe einen anderswo aus- und hier einrangierten Geldschrank am Rande eines Gemüsebeets. Ich sehe Bänke aus Baumstämmen, eine Feuerstelle, Nistkästen in den Bäumen, ein Verkehrsschild aus der DDR. Und daß die Bauwagendächer mit Folie abgedeckt sind.

An einer Stelle hängt ein Schild, auf dem »Gesamtkunstwerk Lohmühle« steht – dem soll nicht widersprochen werden, das Gesamtkunstwerk erinnert an eine überwucherte Maya-Stadt im Urwald von Mittelamerika. Wie kahl das Gelände einmal war, fällt mir ein. Hier war ja tatsächlich mal Schußfeld, hier war Sektorengrenze. In den frühen neunziger Jahren führte der kürzeste Weg vom Weichselplatz in die Wiener Straße über dieses heute so kultiviert-verwilderte Gelände. Holz liegt herum, alte Feuerwehrschläuche, ein Kajak. Es weht, die darf nicht fehlen, eine Piratenflagge. Es ist ein Gerümpelparadies.

Die Tochter meint: »Papa, hier liegt so viel herum!« Seltsam, wenn ich das gleiche über ihr Zimmer sage, widerspricht sie immer. Wir sehen eingewachsene Europaletten, einen Behördenschreibtisch unter einem Baum, Rettungsringe (wir sind ja am Wasser) und Verkehrshütchen. Wir sehen Krempel, Zeugs, Geraffel, Plunder – die Wagenburg ist ein Museum der Dinge, ein Museum alter, interessanter, anderswo ausgemusterter Dinge. Eine Badewanne steht im Freien, wir bewegen uns durch ein großes Stilleben, ein Stillleben der Peter-Lustig-Pusteblumen-Welt. Und ja, wahrscheinlich sind hier alle Künstler, mindestens aber Lebenskünstler. An einem Bauwagen sehen wir ein Arrangement aus mehreren Puppenköpfen (die Tochter erkennt die Marke Baby Born, sie hatte selbst eine, aber das ist für sie schon ewig her) und einem verrosteten Stahlhelm der Nationalen Volksarmee. Wir sehen arrangierte oder zufällige Gegenstandscollagen – von Neo Rauch gemalt wären die viel wert. Die Holunderbüsche blühen, es duftet süß, und ich sehe das Mistral-Surfbrett wieder, es liegt tatsächlich noch immer hier, vierzehn Jahre später.

Wir lernen den italienischen Künstler kennen, der die Skulptur aus den roten Putzeimern über der Bar gebaut hat. Er führt uns herum und zeigt uns freundlicherweise seinen

Wagen. Er zeigt uns sein Wohnzimmer, sein Arbeitszimmer, die Küche und sein Schlafzimmer – alles in ein und demselben Raum. Nicht sehr groß, vollgestopft und sehr gemütlich. Isoliert sei der Wagen leider nur an einer Seite, antwortet er auf die Frage, wie kalt es im Winter sei. Strom wird aus Sonnenkollektoren gewonnen.

Er sei der älteste der zweiten Generation, erzählt er, seit elf Jahren wohne er hier, von den älteren, den ursprünglichen Besetzern, sind nur noch drei dabei. Der Konflikt um den Uferweg wurde ausgestanden und gelöst, es gibt nun den Weg, und mit den Jahren ist eine neue Baummauer gewachsen. Neue Tierwohnungen sind entstanden.

Ich erfahre noch, die Tochter interessiert sich nicht so sehr dafür, sie spielt nun mit einem anderen Mädchen Frisbee, die Lohmühle sei nun keine Wagenburg mehr, sondern ein Wagendorf. Ein Wagendorf, das auf Selbstversorgung und Nachhaltigkeit setze, in dem Holz gehackt und Wasser geholt werden muß. Es gibt ja keine Wasserleitung. Und wer neu einzieht, muß eine Probezeit absolvieren.

Der vordere Teil des Dorfs heißt Down Town, weiter hinten liegt die Bronx, und der Bürgermeister – ja, die Wagenburg hat einen Bürgermeister, seit Jahren schon – wohnt im Regierungsviertel. Dem Bürgermeister ist es gelungen, den Kiez für sich zu gewinnen, die Lohmühlenbewohner werden von den Nachbarn akzeptiert – wofür sie auch einiges tun: Sie organisieren Lesungen, Konzerte, Ausstellungen und seit über zehn Jahren das Festival »Jazz an der Lohmühle«, gefördert vom Kulturamt Treptow. Zu Recht, Wagenburgen gehören doch zur Berlin-Folklore. Die Lohmühle müßte heute eigentlich ein Denkmal sein, ein Freilichtmuseum der asterixhaften Alternativkultur. Spaziergänger, die vom Weg auf dem früheren Bahndamm herabschauen auf dieses Dorf, können es vielleicht flüstern hören: Sieh, auch so könntest du leben! Am Wasser, in einem Bauwagen, in einer Gemeinschaft. Und nachts rauschen die Bäume über dir …

CHRISTINAS ERSTER TUNNEL

Beim Abstieg in den Schacht trägt die Tunnelpatin Rau flache, dunkelblaue Schuhe. Um sie herum treten knobelbecherartige Stiefel und nur wenige geputzte Schuhe auf die Lochgitter der Treppe, die auf den Boden des Senkkastens hinunterführt. Die Tunnelröhre »Christina I«, die erste von vieren, durch die einmal Fern- und Regionalbahnzüge fahren sollen, ist fertig geworden. Die Baustelle am Gleisdreieck hat zur Besichtigung geladen. Alle Besucher müssen Helme tragen, es gibt sie in den kleidsamen Farben Orange, Weiß und Gelb. Von oben sehen die Menschen am Grund des offenen Betonkubus wie Playmobil-Bauarbeiter aus. Die einen spielen Fotoreporter, die andern posieren. »Glück auf«, ertönt es immer wieder vom Band, und ab und zu tropft Wasser von oben. Alle Playmobilmännchen scharen sich um die Tunnelpatin. »Ein Schwenk in die Röhre, bitte«, sagt die drängelnde Kamerafrau, doch die Tunnelbegehung ist nach zehn Metern zu Ende. Weiter geht es noch nicht, und vom märkischen Sand ist hinter dem Beton nichts mehr zu sehen. Paris und Rom haben ihre Katakomben, Wien hatte den dritten Mann in der Kanalisation, Berlin hat Christina Rau im Tunnel. Ihre braunen Haare schauen hinten unter dem weißen Schutzhelm hervor. Vorne ist er mit ihrem Namen beschriftet. »Der Helm steht ihr doch gut«, sagt einer der Umstehenden. »Aber solche Termine gibt es doch nur, um sein Köpfchen mit Helm zu zeigen«, läßt sich ein anderer hören. »Und um sich fotografieren zu lassen«, sagt einer der Fotografen und klettert für den besseren Bildausschnitt auf ein Gerüst. Frau Rau spricht ins Mikrophon: Ihr erster Tunnel lasse sie »vor Furcht erstaunen«, und ein Tunnel sei »so wunderbar symbolisch«, er verbinde Menschen. Der ebenfalls anwesende Verkehrsminister sagt, »die Kurven des Tunnels bereiten mir auch einen ästhetischen Genuß«. Frau Rau schaut ein ganz klein wenig zur Seite.

Dann wird, für einige laute Minuten, die Schildvortriebsmaschine der dritten Tunnelröhre Christina III in Betrieb genommen.* Christina Rau schaut zu und lächelt. In einer Schildvortriebsmaschine – so viel verrät eine schematische Zeichnung an der Wand, gleich neben den Miettoiletten – gibt es einen »Erektor«, einen »Schildschwanz« und eine »Schildschwanzdichtung«. Und die Schneidemesser ganz vorne fressen sich in das »Ortsbrust« genannte Erdreich. Die Schildvortriebsmaschine ragt hier, fast ein wenig plump,

---

* Die Schildvortriebsmaschine dieser Tage wurde auf den Namen Bärlinde getauft und bohrt den Tunnel der U5, vom Roten Rathaus bis zum Brandenburger Tor.

schon halb in die neue Tunnelröhre hinein. Schildvortriebs-maschinen müssen riesige phallische Maschinen sein. Als es heißt, der »Neuanstich« sei gelungen, wird das Lächeln der Patin für einen winzigen Augenblick zu einem Grinsen. »Glück auf, Glück auf«, ertönt wieder das Lied der Berg-leute. Und im Kästchen der Heiligen Barbara, der Schutz-heiligen der Bergleute, ist das Licht nicht ausgegangen. Die Bergleute haben ihr einen Kranz aus Tannenzweigen gewun-den. Christina Rau nimmt sich ein mit Cola gefülltes Gold-randglas von einem angereichten Tablett und trinkt, »Glück auf, Glück auf«, geht das Lied der Bergleute weiter, die Gat-tin des Bundespräsidenten schaut ihren Gesprächspartnern sehr genau ins Gesicht. Das ausdauernd Menschenfreundli-che geht ihr unter Tage nicht verloren. Ihr Lächeln funktio-niert nun wieder mit geschlossenen Lippen. Die Herren in den Anzügen um sie herum zünden sich, als hätten sie schwerste Arbeit verrichtet, Zigarren an. Die Bauarbeiter ste-hen weiter weg. »Wir tragen das Leder am Arsch bei Nacht fallera / und saufen Schnaps / und saufen Schnaps«, geht das Bergarbeiterlied in seinen Refrain. Christina Rau verzieht keine Miene. Die Goldkette, die um den Kragen ihres roten Pullovers liegt, blitzt in dem Sonnenstrahl, der durch die Öffnung des Senkkastens fällt. Einer der Bergleute hat seine Kamera mitgebracht. Der Verkehrsminister kommt nicht so oft ins Bild.

———————————

Auf Christina Rau folgten andere Bundespräsidentengattinnen, ihr Tunnel ist schon lange in Betrieb. Züge rollen – ach was, sie gleiten vom Gleisdreieck bis kurz vor Gesundbrunnen unter dem größtenteils neubebauten früheren Niemandsland hindurch. Der Vorkriegstraum, den schon Werner Hegemann in seinem Buch »Das steinerne Berlin« von 1930 träumte, ist wahr geworden, Berlin hat nun keine Kopfbahnhöfe mehr, die Züge fahren durch Berlin hindurch, von Hamburg nach Leipzig und von Warschau bis nach Amsterdam.

DIE NETZSPINNE

Fahrgäste in öffentlichen Nahverkehrsmitteln sehen sie so oft, daß sie die Netzspinnen nicht mehr wahrnehmen. Die Übersichtspläne, die Benutzerober- und -unterfläche einer Stadt, seien »unförmige Insekten« und »Signaturen ihrer Stadt«, schreibt der Münchner Autor Andreas Bernard, mit ihnen habe jedes öffentliche Nahverkehrsnetz seinen wiedererkennbaren Fingerabdruck.

Die Berliner Netzspinne ist auf den ersten Blick ein bunt und anarchisch gehäkelter Topflappen, der durch die Unterkellerung der Stadt führt. Das bunte Knäuel ist Über- und Unterweltplan, auf dem alle Zugangsstollen zu den Schächten der U- und S-Bahn mit Namen eingezeichnet sind. Je nach dem Jahrzehnt ihrer Entstehung sind es Grabkammern der Gründerzeit, der zwanziger oder der siebziger Jahre.

Auf der Netzspinne, die hin und wieder auch sehr vergrößert auf Plakatwänden in U-Bahnhöfen hängt, wirkt die Stadt leicht benutzbar, denn der Plan verzerrt und verfälscht im Dienst der Übersichtlichkeit. Auf ihm präsentiert die Unterwelt sich benutzerfreundlich, der Plan ist ihre Bedienungsanleitung. Andererseits schafft der Schaltplan der Verbindungen eine ihm ganz eigene Unübersichtlichkeit, die trotz der kantigen Verläufe etwas Organisches hat. Als handele es sich um den verschlungenen Bauplan eines Vogelnests. Oder um den Aufriß einer sonderbaren, halbsymmetrischen Wucherung.

Erfahrene Benutzer kennen die Lügen der Netzspinne und wissen, daß der S-Bahnhof Charlottenburg und der U-Bahnhof Wilmersdorfer Straße nicht wirklich nah beieinander liegen.* Und daß zwischen U- und S-Bahn Warschauer Straße die zugige Warschauer Brücke überquert werden muß. Und daß die Eingänge zwischen den U-Bahnhöfen Zoologischer Garten und Kurfürstendamm auf dem Breitscheidplatz nur wenige Meter auseinander liegen.

Gelangweilte Fahrgäste sind oft große Nahverkehrsplaner und bauen das Netz in Gedanken weiter. Lücken und Umständlichkeiten, über die man sich schon lange ärgert, werden so schnell und ganz ohne Baugrube geschlossen. Könnte die U1 nicht über die Warschauer Straße hinaus, über das Frankfurter Tor bis zur Eberswalder Straße geführt werden? Könnte die U3, deren existierendes Teilstück heute

---

* Diese Lüge der Netzspinne wurde beseitigt. Nicht, daß die beiden Stationen in der Grafik auseinandergerückt worden wären, nein, der S-Bahnhof Charlottenburg wurde verschoben und aufwendig neu gebaut, die S-Bahnzüge halten nun näher am U-Bahnhof Wilmersdorfer Straße. Nur die Regionalbahnsteige befinden sich noch an alter Stelle – weshalb aus diesem Bahnhof nun einer der längsten der Stadt geworden ist.

von der U15 befahren wird, nicht endlich bis nach Weißensee verlängert und die U5 nicht nur bis zum Lehrter Stadtbahnhof, sondern noch weiter gebaut werden, in Gebiete hinein, in denen tatsächlich Menschen wohnen?

Auf der Abbildung besteht das Nahverkehrsnetz aus Knotenpunkten und langen bunten Farbsträngen. Dazwischen zeigt die Netzspinne weiße Flecken und Korridore. Der müde Fahrgast könnte glauben, die Bahnen streiften weniger dicht besiedelte, unbewohnte, am Ende gar unerforschte Gebiete, die vielleicht nie ein Mensch betreten hat. Vielleicht beschleicht den Passagier der hin und wieder berechtigte Verdacht, die Stadt existiere nur um die Stationen herum und unter- und überquere sonst lediglich alte Gleisanlagen, Industriebrachen, Parks und unbebautes Gelände.

Der U-Bahnplan formt die Vorstellung durch seine Geometrie, in seiner begradigten Abstraktion wirkt das Schienennetz selbst wie digitalisiert. Daß auf einer dieser geraden Rennstrecken ein Wagen in einer Kurve entgleisen könnte, scheint unmöglich. Das Ächzen der Waggons und das Quietschen der Räder in der Kurve vor der Einfahrt in den Bahnhof Mehringdamm paßt demnach gar nicht zu der auf dem Plan begradigten Strecke, in dessen Bildsprache es keine Kurven, nur Ecken geben darf. Nur Vorkriegsnetzpläne zeigten kurvige Strecken, heute schlägt die gelborangefarbene U9 von Rathaus Steglitz nach Osloer Straße gleich mehrere

Haken, und scheinbar orientierungslos fährt die blaue U7 ihren Kurs unter der Stadt hindurch. Erst im letzten Augenblick entscheidet sie sich, noch einen Schlenker zur Mökkernbrücke zu unternehmen. Auf dem eckigen Plan wird aus dem Schlenker ein Zacken.

Die alte West-Berliner Netzspinne zeichnete die Ost-Berliner Linien dünner und – als handele es sich um schon verstorbene Linien – einheitlich schwarz. Die Richtung der U-Bahnlinie 5 nach Hönow deutete ein Pfeil nur noch an, in der Vorstellung des West-Berliners mußte Hönow irgendwo weit weg, tief im Machtbereich des Warschauer Paktes liegen. Im Gegenzug wurde in den Plänen der Ost-Berliner Verkehrsbetriebe West-Berlin zu einem schmalen weißen Handtuch. Auf dem Plan sah seine Umfahrung auf dem äußeren Ring sehr leicht aus, als sei sie in wenig mehr als einer halben Stunde zu bewältigen.

Heute teilt das Netz sich in die drei Zonen A, B und C, die das Geflecht der Stollen, Schächte und Trassen wie drei farblich voneinander abgesetzte Höllenkreise unterlegen. Feste Grenzübergänge gibt es keine mehr, Fahrscheinkontrollen werden von fliegenden BVG-Kommandos durchgeführt.

Anfang der neunziger Jahre wurde die Netzspinne verändert und allein durch graphische Umgestaltung eine deutliche Ost-West-Verbindung geschaffen. Die zuvor mehrfach abgeknickt-ausgebaucht verlaufende Stadtbahn wurde begradigt und war von nun an, dem Fahrgastaufkommen entsprechend, die neue Hauptachse des Plans. Und der Fahrgast hatte plötzlich nicht mehr das Gefühl, außen herum, sondern mittendurch zu fahren. Gleichzeitig verschob sich das Zentrum. Nicht mehr der Zoologische Garten, sondern der neue Bahnhof Friedrichstraße stand auf einmal in der Mitte der Netzspinne. Der Nabel der Stadt, der Punkt, den die Römer umbilicus nannten, wurde zurückgerückt. Die ehemals gerade Nord-Süd-Verbindung der U9 verlief auf dem neuen Plan plötzlich mit Knicken, die wiederhergestellte Nord-Süd-Bahn und die nun auch in den ehemals geschlossenen Geisterbahnhöfen anhaltende U-Bahnlinie 6 wurden auf der neuen Netzspinne zu Haupt-Nord-Süd-Verbindungen.

In manchem U-Bahn-Waggon schimmert unter der Klebefolie der derzeit aktuellen Netzübersicht noch eine ältere Version durch. Da kann die Endstation der damaligen Linie 1 noch Schlesisches Tor heißen, die U8 nur bis Leinestraße fahren und der S-Bahnring noch gar nicht oder bloß gestrichelt eingezeichnet sein. Die Namen früherer Endstationen, die der Zug heute, so wie die als Terminus versunkene Vinetastraße, einfach passiert, behalten eine Zeitlang ihren besonderen Klang. Der Nachhall des jahrzehntelang vernommenen »Schlesisches Tor zurückbleiben« erinnert nicht wenige

Fahrgäste noch immer daran, daß hinter dem heute zum Durchfahrbahnhof degradierten Bahnhof die Welt zu Ende war. Und daß es kein kleines Wunder ist, daß der Zug wieder über die Oberbaumbrücke fahren kann.

Im Spinnennetz der Netzspinne sind Namen kleben geblieben, eingesponnen und aufgehoben worden. Die Stadttore beispielsweise, die es in Wirklichkeit gar nicht mehr gibt (Hallesches Tor, Oranienburger Tor), abgerissene Bahnhöfe (Görlitzer Bahnhof, Anhalter Bahnhof), Schlachten, an die sich kaum einer mehr erinnert (Spichern, Nollendorf, Möckern), und veraltete Schreibweisen wie Kottbusser Tor. Die neue Verwendung als Stationsname hat sich oft weit über die ursprüngliche Bedeutung gelegt und überdeckt sie hin und wieder ganz. Gesundbrunnen beispielsweise ist nur noch ein Kreuzungsbahnhof, lange schon kein Heilbad mehr.

Die im Berliner S- und U-Bahnplan gestrichelt eingezeichnete Zukunft ist meist gewesene Vergangenheit. Auch den S-Bahnring, dessen komplette Wiedereröffnung noch aussteht, hat es auf weniger schematisch gezeichneten Vorkriegsplänen als »Hundskopf« schon einmal gegeben.* In China glaubte man früher, das Schicksal einer Stadt ließe sich aus

---

* Der S-Bahnring ist seit 2002 wieder geschlossen, die Ringbahn-Runde ist möglich. Es ist eine schöne Fahrt, einmal im großen Kreis um die Stadt herum und durch sie hindurch.

der Form, die sie den Vögeln zeigt, ablesen. Welche Warnung hätte ein chinesischer Weiser aus dem Hundskopf gelesen, dessen Schnauze sich zwischen Westkreuz und Witzleben in den märkischen Sand legt? Hundejahre für die Stadt? Eine Stadt, die vor die Hunde geht? Auf dem Plan, den unsereins jeden Tag in der U-Bahn sehen kann, ist von dem Hund nichts mehr zu sehen.

Der S-Bahnhof Witzleben heißt heute Messe Nord/ICC – kein schöner Name. Aus dem U-Bahnhof Kottbusser Damm ist die Schönleinstraße geworden. Putlitzstraße wurde zu Westhafen, der Lehrter Stadtbahnhof ist verschwunden. Und so weiter. Die Spinne hat weiter gesponnen, ein paar Fäden sind im Netz hinzugekommen.

KINO INTERNATIONAL

Das heimliche Lieblingskino der Stadt liegt nicht weit hinter dem Alexanderplatz, auf dem neueren, westlichen Bauabschnitt der Karl-Marx-Allee. Das Kino International, eines der letzten Ein-Film-Kinos, wurde 1961 bis 1963 nach Plänen der Architekten Josef Kaiser und Heinz Aust erbaut. Vom Klassizismus der früheren Aufbau-Jahre hatte sich die DDR-Architektur um den U-Bahnhof Schillingstraße herum verabschiedet. Klare Linien und glatte Fassaden beherrschen das Bild, es gibt keine stalinistischen Zuckerbäckereien und kein Naschwerk an den Häusern.

Das International, Ort vieler DEFA-Premieren, zeigt der Straße einen vorspringenden Baukörper mit Glasfassade auf einem Sockelgeschoß. Die leicht geschwungene, vorn verglaste Schachtel lockt mit dem Plakatgemälde zum gerade laufenden Film. Filmankündigungen und Plakate hängen auch in den sechs Aluschaukästen vor dem Eingang. Wer auf den Beginn der nächsten Vorstellung wartet, kann sich die Zeit aber auch mit Betrachtung der Reliefbilder auf den Seitenwänden des Gebäudes vertreiben. Sie erzählen vom Alltag des vorbildlichen Arbeiters. Es gibt eine Fabrikszene vor großen Zahnrädern, Elefanten im Tierpark und eine Frau auf einer Parkbank, Stationen eines Lebens im Dienst des Sozialismus. Dieser vorbildliche Fassadenarbeiter plant sicher keinen Aufstand, sondern bildet sich nach Betriebsschluß in der kleinen Bibliothek auf der Rückseite des Kinogebäudes weiter. Vielleicht geht er danach mit der Frau von der Parkbank ins Kino. Seine kleinen Geschwister könnte er in den über der Bibliothek, hinter der Leinwand liegenden, heute noch existierenden Jugendklub schicken. Der Jugendklub hieß einmal Oktoberklub.

Ganz ohne den Einsatz der großen bis verschwenderischen Mittel, wie die frühe Kinoarchitektur sie einsetzen mußte, sorgt das International für ein Filmerlebnis, das nicht erst mit dem Verlöschen der Saalbeleuchtung beginnt. Vielleicht liegt das an der Patina, die heute über dem Gebäude liegt. Die Zeitreise beginnt im erwartungsvollen Halbdunkel des Garderobenfoyers hinter der Kassenhalle. Zwischen den Garderobentresen steht eine kreisförmige Sitzbank, im Steinfußboden zeigen sich eingelassene Buntmetallbänder. Wer will, kann sich einbilden, die DDR noch ganz leicht zu riechen, wer will, kann versuchen, sich vorzustellen, wie die moderne Frau der sechziger Jahre, Sybille-Leserin und im Frauenbund aktiv, sich zu einem Spiegel hinter den Pfeilern dreht, den Sitz ihrer Frisur prüft und am Kostümkragen nestelt. Sie könnte ihre Handtasche für einen Augenblick auf dem Bord unter dem Spiegel abstellen und sich dabei noch mit anderen Kulturfunktionären über die DEFA-Uraufführung unterhalten.

Die Dramaturgie der Architektur sorgt für den Aufstieg aus dem Sockelgeschoß. Eine schmale Treppe, von in der Wand eingelassenen Lampen nur schwach beleuchtet, biegt einmal um die Ecke und mündet in die sogenannte Wandelhalle vor der verglasten Front. Wer nachmittags zur ersten Vorstellung kommt, sieht die roten Sessel noch akkurat an die niedrigen Couchtische geschoben, alle Armlehnen stoßen bündig an die Tischplatten. Ihr helles Holz hebt sich vom dunkleren Holzton des Parketts und der Wandvertäfelung ab. Die Wandelhalle wirkt gediegen, bürgerlicher als die Arbeiterszenen der Fassadendekoration ahnen lassen. Zimmerpalmen stehen in der Ecke, von der Decke grüßt ein großer brauner Wasserfleck.

Das Lieblingswort der Frau am Buffet ist »früher«. Sie arbeitet schon seit fünfundzwanzig Jahren im International. »Früher haben alle Besucher ihre Jacken und Mäntel abgegeben, früher war Garderobe Pflicht«, sagt sie, früher hatte auch ein Kinobesuch andere Regeln. Unsozialistische Sitzblockaden durch Mäntel wurden nicht geduldet. »Früher kostete die Garderobe bloß zwanzig Pfennige«, sagt die Frau, heute muß sie auch eine Popcornmaschine bedienen. Zum Popcorn schenkt sie Coca Cola aus.

Durch die Fenster neben dem Buffet öffnet sich der Blick auf die Magistrale. Der Film beginnt, bevor der Vorführsaal betreten wird. Dieser Vorfilm hieß früher: Aufbauleistungen des Sozialismus. Oder Kalle-Malle, die zweite. Womit Karl-Marx-Allee, zweiter Bauabschnitt, gemeint sein wollte. Verglaste Schaufassaden sind in der Kinoarchitektur eher selten. Sonst wird der Blick nach innen, auf die Leinwand und in den Film hinein, gelenkt. Und nichts, kein Draußen, soll den Besucher mehr ablenken. Hier aber sollte der Besucher auch die schöne Welt vor dem Fenster, das heute leerstehende Café Moskau auf der anderen Straßenseite nicht vergessen.

Um das Gebäude des International herum hat die Stadtlandschaft die Märklin-Ordentlichkeit des ursprünglichen Modells behalten. Die Hände der Architekten könnten jeden Moment ihre Finger aus dem Modellhimmel strecken, hier ein Figürchen verschieben, dort ein Auto bewegen, ein Haus dazusetzen, eines wegnehmen oder austauschen. So geschehen vor einigen Jahren, als der Riegelbau hinter dem International, das alte Interhotel Berolina, abgerissen und durch ein Bürogebäude in gleichen Ausmaßen ersetzt wurde. In die Replik zog das Rathaus Mitte ein. Nur die Fassadenkacheln fehlen dem verschwundenen und wieder auferstandenen Gebäude, heute ist die streng gerasterte Lochfassade hellblau verklinkert. Das aber paßt noch immer gut zu der außen gelb gekachelten ehemaligen Milcheisbar neben dem International. In dem flachen Bau hat sich heute eine Eis-Hennig-Filiale eingemietet. Das Haus sieht noch immer abwaschbar aus.

Von der gegenüberliegenden Straßenseite wirkt das Kino wie ein großer, leicht unförmiger Fernseher. Mit seinem oberen Bauteil schwingt das Gebäude sich zur Straße hin, kragt über die Kassenhalle hinaus und öffnet sich, als sollten die Besucher ausgestellt werden. Man kann sie mit Gläsern in der Hand in den roten Sesseln sitzen, warten oder wandeln sehen. Wie Fische im Aquarium. Von dem Betonrahmen um sie herum ist mit der weißen Farbe die sozialistische Pathetik geblättert. Über den trinkenden und knabbernden Köpfen leuchtet der Schriftzug »International« in schlichten, sachlichen Neonbuchstaben, über die ehemaligen Sektorengrenzen hinweg gleichen sie den Leuchtbuchstaben auf dem Dach der West-Berliner Amerika-Gedenkbibliothek. Mehr ist von den Lichtarchitekturen der Vorkriegskinos nicht geblieben.

K. und ich treffen uns nachmittags am Rosenthaler Platz, wir wollen spazierengehen. Über die sich sehr verändernde Torstraße, die sich kaum verändernde Mollstraße (diese absurde, völlig überdimensionierte Wahnsinnsstraße) und durch das seltsame, selten betretene Wohnblock-Berlin der DDR kommen wir zum International. Unverändert steht es da, 2013 wird es fünfzig Jahre alt. Herzlichen Glückwunsch, schönstes Kino der Stadt! Wir betrachten die Tags auf dem Sockel des Gebäudes und das große weiße Relief auf der geschlossenen Seitenfassade. Hübsch-heteronormative Motive sind da versammelt: Mann und Frau beieinander, er mit Fahrrad, sie mit langen Haaren. K. erinnert sich an eine Lesbenparty, auf der sie hier mal war, vor Jahren, mit einer Freundin. Es hieß, alle Frauen seien willkommen, sie und ihre Freundin aber, sagt sie, seien dann wohl doch zu heterosexuell gewesen.

Wir gehen unter dem Glühbirnenhimmel des unteren Foyers hindurch und steigen hinauf in die Panoramabar im ersten Stock, staunen über die fast sieben Meter hohen, vollvertäfelten Wände, bewundern die Diskokugeln und setzen uns an einen Tisch vor der großen Fensterfront. Das Parkett sieht etwas abgetreten aus, ja, das International ist kein Museum, dieser Ort ist in Gebrauch, hier wird gern gefeiert. Tolle Aussicht auf das Café Moskau, es steht noch immer leer, unser Blick streift die »Balkan«-Leuchtschrift auf dem Dach gegenüber. Ich erinnere mich an die Entdeckerfreude, mit der ich all diese Räume nicht lange nach dem Mauerfall zum ersten Mal sah. Auf eine Art immer beeindruckt, ich war ja, obwohl ich das vergessen wollte, in einer Kleinstadt aufgewachsen. Ich konnte also staunen.

K. trinkt Bionade, ich trinke Wasser. Erst jetzt, als wir hier sitzen, wir haben schon über dies und das geredet, verstehe ich, daß sie in ihrem Blog über eben diesen Nachmittag und unseren Spaziergang schreiben möchte. Fortan versuche ich, nicht mehr so viel zu verraten …

Wir sitzen noch eine Weile da, trinken unsere Getränke und spazieren schließlich durch die Schillingstraße Richtung Spree. Vorbei an einem 1-Euro-Shop und einem Schaufenster voller verschiedener leerer Bierflaschen, soll wohl eine Sammlung sein. Wir sehen die alte Kaufhalle, in der bald ein Buchstaben-Museum eröffnen soll, einzelne große Lettern, Reste großer Leuchtschriften stehen schon im Raum – einige Typographien kommen mir bekannt vor, wo habe ich die gesehen? Mir fällt ein, daß hier, unter dieser Kaufhalle, auch einmal ein Club war. Wie hieß der? Ich habe es vergessen. Als wir an der Jannowitzbrücke sind, überrascht uns ein Gewitterregen. Wir stellen uns unter einen Baum an der Spree, es riecht nach Lindenblüte.

Tags darauf lese ich auf K.s Blog: »We start off, I think,

talking about the book David's working on right now. It's a re-release of his 2001 collection *In Berlin,* which I have on my shelves and read some years ago. He's revisiting many of the places he described back then and adding updates, if you like, about how they've changed. Is there a basic pattern, I ask, to the way places have developed? Most of them have got posher, is the answer in a nutshell. But there have been a few surprises, like the tenacity of the trailer-dwellers in the Lohmühlen-Wagenburg.

What has he got left to visit? Kino International – actually, why don't we just walk there now? So we do. [...]

We approach the cinema building from behind, around the corner of Rathaus Mitte (concrete and blue bricks). I talk about the last time I was here, at a club night 'for girls and their friends' where my friend and I felt a little out of place, not least because we were about a decade older than all the other women. The cinema is a great dancing location actually; it felt like the foyer and first floor were made for precisely that purpose. In daylight, and sober, it's even more impressive, from the heteronormative exterior relief complete with baby elephant to the golden ceiling on the ground floor. David points out the real light-bulbs mounted in the centres of the square metallic plates. They're not the energy-saving kind, which would look ridiculous; they must have been hoarding them for years. [...]

68

We walk upstairs to the bar, which now has mirror balls mounted from the ceiling between the original chandeliers. Very minor changes have been made to the place's East-Berlin charm, and now everything appears slightly camp and yet very tasteful, including the friendly man who sells us our drinks. We sit down facing the glass front. At this point it finally occurs to David that I'm planning to write about the afternoon; perhaps I hadn't made it quite clear enough. I have a moment of dizziness when he says he's going to write about the afternoon too, for his book, and I worry we'll both get trapped in a spiral of writing about each other writing about each other, like when a magazine shows a woman reading the same magazine on its cover and I fear I might fall in and get stuck inside one of those miniature pictures. Then I have a little fantasy about translating a piece by David about me writing about David and David writing about me, but I keep it to myself.« (zitiert nach Katy Derbyshire: *In which I go out drinking with German writers.*)

DEUTSCHE OPER

Die Deutsche Oper steht wie ein Bunker an der Bismarckstraße, das Haus versteckt sich hinter einer fensterlosen
Wand aus Waschbetonplatten. Im Waschbeton treten die Zu-
schlagstoffe des Betons, hier sind es Kieselsteine, an die
Oberfläche. Manches Lexikon behauptet noch heute, dadurch ergebe sich ein »Schmuckeffekt«. An der Fassade der
Deutschen Oper steht die konstruktiv bedeutungslose
Wand für die radikale Absage an das Prinzip der Schaufas-
sade: Statt Zuckerbäcker-Stuck hängt hier ein einfacher Kie-
sel-Streuselkuchen vor dem Gebäude.

Auf dem Weg vom Parkhaus, der Bodenbeschriftung
Richtung Eingang folgend, kann der Besucher durch die Gardinen in die Kantine des Hauses sehen. An der Wand klebt
modellierter Tropfengips, Wodka Finlandia kostet zwei fünfzig, Doppelkorn zwei Mark. Gläserne Kugellampen hängen
aus den Waben der abgehängten Decke, der Münzspielauto-
mat in der Ecke heißt Good Luck.

Altbauten sind der Bismarckstraße auf der Höhe der Deutschen Oper kaum geblieben. Restaurants werben mit nahe-
liegenden Namen wie Papageno, Don Giovanni und Puccini

um den Hunger des Opernpublikums. Ein Schaufensterspaziergang führt an Le Chic, Second Hand Boutique: An- und Verkauf von Damenbekleidung und Perserteppichhändlern vorbei. Ein paar der roten Leuchtbuchstaben sind ausgefallen. Die Technothek am U-Bahnausgang Deutsche Oper ist kein Club für elektronische Musik, sondern eine Fach- und Sachbuchhandlung. Die Umgebung wurde vor Jahren modernisiert, die Häuser an der Krumme Straße sind abgerissen worden, und damit ist auch die Hofeinfahrt, in der Benno Ohnesorg erschossen wurde, verschwunden. Heute steht dort die rot-weiße, westliche Version eines Plattenbaus. An Ohnesorgs Tod und die Demonstration gegen den Schah von Persien erinnert Alfred Hrdlickas Denkmal. Das Opern-Café hinter der Star-Clean Vollreinigung lockt mit Plastikstühlen auf dem Gehsteig, gegenüber liegt die Bismarck-Spielothek. Hier scheint alles einmal so neu gewesen zu sein, daß es heute nur noch alt aussieht. Fein verteilt liegt die Vergangenheit auf den weißen Asbestzementtafeln des Hauses am dazumal geplanten Opernplatz. Auch eine Gegend kann ihre Zukunft schon hinter sich haben, neu muß es um das Jahr 1981 herum gewesen sein, ungefähr um die Zeit, als Götz Friedrich Intendant der Deutschen Oper wurde.

Der Bismarckstraße zeigt die Deutsche Oper sich als Bunker, ihre aufgelösten Seitenfassaden jedoch spielen mit den Fensterrahmen Mondrian. Durch die Scheiben zeigen sich grau gestrichene Heizkörpergerippe. Die Platanen und Pappeln vor dem Fenster stehen in runden und eckigen Waschbetoneinfassungen. »Unarchitektonisch« nannte ein Kritiker einst das Fehlen eines sichtbaren Eingangs in das Haus. Die nach dem Prinzip der schwebenden Last gehängten Fassadenplatten verdecken die kleinen Türen, die unter der Auskragung verschwinden. Vor den schlichten Glastüren, die in eine Behörde führen könnten, stehen nachmittags Plakatständer und kündigen neben den ins Halbrund geklebten Szenenfotos aus »Der Ring des Nibelungen« Konzerte mit Udo Jürgens und Howard Carpendale an. Die Oper hat ein Kassenhäuschen an eine Vorverkaufsagentur vermietet.

Im Kassenfoyer verbreitet die elektronische Anzeigetafel einen Hauch von Flughafen. Es kommt vor, daß ein Mann mit Hut in amerikanischem Englisch sagt, er habe seine Eintrittskarten per Internet aus New York bestellt. Die Kartenabreißer in blaßblauen Uniformen wachen an der zweiten Pforte. Mit jahrelang eingeübter, mittlerweile leicht verschlafener Freundlichkeit wünschen sie »Guten Abend«.

Nicht wenigen Besuchern, die in das kahle Garderobenfoyer treten, fehlen schon hier rote Teppiche, der Stuck, goldgerahmte Spiegel und all die anderen Dinge, mit denen man in den sechziger Jahren nichts mehr zu tun haben wollte. Feierliches Operngefühl ist in diesem Haus, das merkt der Besucher nach dem Aufstieg über eine der offen schwebenden Treppen, eine überall teppichbodengedämpfte Angelegenheit. Anderswo hängen die Besetzungszettel in verschraubten Messingrahmen, hier, wie der Essensplan in einer Kantine, in einem schlichten Plexiglashalter. Größe durch Bescheidenheit gilt auch innen, sagen die Verteidiger des Hauses und lehnen sich an eine der heute zartgelb gestrichenen Sichtbetonsäulen. Die Deutsche Oper ist schmucklos, ein Haus, dessen leere Strenge jedem, der es betritt, immer wieder sagt, daß nach dem Krieg eben alles anders ist, als es vor dem Krieg vielleicht war. Kinder und größer gewordene Kinder, die das nicht mehr hören wollen, weil sie schon ihre Schulzeit im sanitären Charme reformierter Oberstufenzentren verbringen mußten, bevorzugen die Lindenoper, schwärmen vom Palais Garnier und der wiederaufgebauten Wiener Staatsoper.

Nicht nur an den Typus neu und schnell gebauter westdeutscher Nachkriegsschulen darf der Besucher sich erinnert fühlen. Im Zuschauerraum, der nach seinem Architekten Fritz Bornemann »nur ein Halt für die zusammengehörende Theatergemeinde« sein soll, kann man auch an den einen oder anderen Hörsaal denken. In der Deutschen Oper sieht man von jedem Platz. Nichts lenkt vom Spiel auf der Bühne ab, keine Ausschmückung, kein Gekröse, kein Geschwür. Glatt und schnörkellos zu sein, ist diesem Raum Tugend. Die deutsche Oper ist eine demokratische Oper, hier haben selbst die Logen, die eigentlich keine Logen, sondern Balkone sind, Klappsessel. Es gibt keine Fauteuils wie in Wien, die man – und damit sich selbst – ein Stück zurückziehen könnte. Hier gibt es keine Möglichkeit, sich mehr mit seinem Konfekt oder seiner Begleitung als mit dem Bühnengeschehen zu beschäftigen. Es gibt keine Stehplätze wie in Mailand oder Säulenplätze wie in Bayreuth. In der Deutschen Oper sitzen alle auf den gleichen Polstern; auch die Bundespräsidenten, die früher gelegentlich vorbeischauten, mußten mit den grünlichen Sitzbezügen vorliebnehmen und, wenn es wärmer wurde, kleben bleiben. Wie viel die Plätze, auf denen man sitzt, gekostet haben, kann man an solchen Abenden erschnüffeln. Je teurer die Plätze, desto schwerer die Parfüme.

In der Pause liegt neben der Tasse Kaffee ein Täfelchen Schokolade und wird neben der heißen Kaffeetasse weich. An den Stehtischen kreisen die Pausengespräche um Sänger und ihre Stimmen, um Bayreuth und um die Berliner Konkurrenz. Gesprächsfetzen erklären die Handlung. Ein Mann mit Panama-Strohhut liest die Synopsis in seinem CD-Heftchen, er trägt ein Seidenhemd über der Hose, rahmengenähte Schuhe und hält eine Einkaufstüte in der Hand. Eine Frau mit zusammengesteckten Haaren blättert durch die Rowohlt-Monographie über den Komponisten des Abends. Komponisten haben ihr Stammpublikum. Man trifft sich immer wieder, grüßt sich oder übersieht sich. An Abenden mit

Strauss oder Wagner zeigen sich mehr männliche Paare in engen Lederhosen. Paare schauen auf andere Paare, Einzelgänger schauen von der Galerie auf die Köpfe, die zwischen den japanischen Ballonlampen Canapés essen oder rauchen.

Fremde bewundern die Heterogenität des Publikums. In Paris sei die Uniformität viel größer, sagt eine Französin, hier dagegen sei alles »sehr, sehr sechziger Jahre, sehr, sehr modern«. Und »modern« klingt, so gesagt, auf einmal auch nur wie irgendeine Epoche, so entfernt und historisch wie »barock« oder »gotisch«. Sie selbst trägt eine rosafarbene Lacktasche zum schwarzen Kleid und lacht über Brigitte-Mira-Typen, die grüne Kleider mit Teppichfransen tragen, und damit eine Idee von Abendkleidung, die einmal vornehm sein wollte, verbreiten. Sie wundert sich über gelbe T-Shirts über dem Hosenbund und orangefarbene Jacketts. »Wir sind schon zum zweiten Mal hier«, singsangt ein Herr mit Notenschlüsselkrawatte und gibt sich als Rheinländer zu erkennen. Seine Frau ißt Eiskonfekt.

Wie eine stillgelegte Deutsche Oper aussehen würde, zeigt der geschlossene Kiosk, die kleine architektonische Schwester der Deutschen Oper, die auf der Mittelinsel der Richard-Wagner-Straße steht. Unter dem letzten noch nicht demontierten Leuchtkasten, »Täglich frische Schrippen«, sind die Fenster von innen mit vergilbten Zeitungsseiten verklebt. Die Außenwände sind mit Plakaten zugekleistert. Als er noch geöffnet war, hatte der Kiosk Zulauf vom Opernpublikum. Hinter dem Verkaufsraum führen unter einer Überdachung, die mit dem U-Bahnausgang an der Krumme Straße korrespondiert, zwei schmale Treppen in die Unterwelt einer nun ebenfalls geschlossenen öffentlichen Bedürfnisanstalt hinab.

In der Spielzeit 1979/80, als die Gegend noch neuer gewirkt haben muß und die Deutsche Oper das einzige Opernhaus West-Berlins war, spielte man hier den »Untergang der Titanic« von Wilhelm Dieter Siebert. Das Stück begann auf dem Bürgersteig vor der Oper mit einer Champagnerflasche, die an der Waschbetonwand zerbrach. In der Erinnerung hört sich das an, als habe man damals den Untergang des Gebäudes geprobt.

Deutsche Oper an der Bismarckstraße, geliebter Waschbetonpalast, du siehst aus wie immer. Wurde renoviert? Innen neu gestrichen? Ja, es kommt mir so vor – ist aber vielleicht schon wieder Jahre her. Auf den billigen Plätzen oben im zweiten Rang ist die Lüftung noch immer laut. Spielt das Orchester sehr leise, ist ihr Rauschen zu hören.

Ein neuer »Parsifal« wird aufgeführt, eine Pappmaché-Felsenlandschaft füllt die Bühne, und ich muß lachen, leise in mich hinein. Für meine Modelleisenbahn und die Häuser der Western-Stadt hätte ich mir solche Pappfelsen gewünscht. Der neue Star Klaus Florian Vogt singt den reinen Toren, er singt ihn sehr gut.

An diesem Abend, so ein Zufall, ist auch die mächtigste Frau des Planeten in der Deutschen Oper. Von ihren jugendlichen Personenschützern umgeben sitzt sie in der Pause an einer vor dem Ostfenster errichteten Tafel und speist. Neben ihr, ein wenig speichelleckend, ein früherer Kultursenator. An ihrem Tisch und um sie herum, das fällt auf, nur Männer. Angela Merkel ist die Gralskönigin – und wie es aussieht, eine ohne Wunde.

Der helle Teppichboden liegt noch immer im Haus, Stauballergiker müssen aufpassen. Schlangen an den Buffets, die ganze Pause hindurch. Kein Herva mit Mosel mehr im Angebot, statt dessen Bionade. Ich trinke Kaffee, dann Weißwein, und esse, Rückfall in die Kindheit, ein Snickers.

In der zweiten Pause komme ich mit zwei mallorquinischen Damen ins Gespräch, auch ihnen gefällt die Inszenierung in der Pappmaché-Felsenlandschaft nicht. Sie freuen sich jedoch über die drei Opernhäuser Berlins und beklagen, daß ihre Inselhauptstadt Palma nicht ein einziges hat. Sie kommen gerne in die Deutsche Oper.

Fritz Bornemann, Sie waren ein Genie!

DER MINISTER OHNE MANTEL

Der Minister kommt ohne Mantel, er schwebt über den roten Teppich ein. Jürgen Trittin beherrscht die Bewegung seiner Arme, er schreitet, »ich bin da«, sagt jeder seiner Schritte Richtung Berlinale Palast. »Wie schön, daß sie da sind«, sagt die blonde Kartenabreißerin, »wir haben schon gewettet, daß Sie heute wiederkommen«. Jürgen Trittin lächelt und gleitet weiter. Johnny Hallyday, der eigentliche Star des Nachmittags, schleppt sich mit weiblicher Entourage kurz hinter dem Minister die Treppe hinauf. In »Love Me« von Laetitia Masson spielt Johnny Hallyday die männliche Hauptrolle neben der großartigen Sandrine Kiberlain. Im Grunde aber verkörpert Hallyday seine Rolle bloß: Gealterter Rockstar gibt gealterten Rockstar. Der Bundesminister zeigt heute Nachmittag mehr Wandlungsfähigkeit, er gibt den Kinogeher. Im Saal wählt er eine der hinteren Reihen. Einmal im Sessel zieht er eine Minitafel Milka-Schokolade aus der Jackettasche, öffnet sie und ißt. Jedesmal, wenn jemand an seinen Knien vorbei zu einem freien Platz möchte, erhebt der Gentleman-Minister sich aus seinem Sessel, bleibt ein oder zwei Augenblicke länger als nötig sehr aufrecht stehen und schaut wie ein Kapitän von der Brücke seines Schiffes über die Menge im Saal. Wieder im Sessel spielt der Minister mit seinem Mobiltelephon und sagt, Herr Fischer und Frau Fischer hätten versucht, ihn zu erreichen – zur selben Zeit findet im Bundestag eine aktuelle Stunde zur Windkraft statt. Johnny Hallyday kommt kurz auf die Bühne des Berlinale Palastes und muß, schon bevor der Film anfängt, wieder zurück nach Paris; Jürgen Trittin bleibt sitzen, er lehnt sich zurück. In seiner Hosentasche findet sich eine Pakkung Fisherman's Friend, er nimmt eine Pastille und bietet auch dem neben ihm sitzenden Reporter eine an.

Nach dem Abspann meint der Minister, der Film verletze eine von Hitchcocks Grundregeln, die da laute, der Zuschauer müsse immer ein wenig mehr als die Figuren auf der Leinwand wissen. In »Love me« wüßten weder die Filmfiguren noch die Zuschauer, was und warum etwas auf welcher Wirklichkeitsebene passiere. Erst gegen Ende werde deutlich, daß es sich bei der Handlung um Traumzustände unter Einfluß einer Psychoanalyse handle. Dem Film fehle ein MacGuffin, »er hat keinen Bogen und erzählt keine Geschichte«, sagt der Minister, der sich von einem Politiker, der sich wie ein Schauspieler bewegt, in einen Filmkritiker, der Truffaut gelesen hat, verwandelt: In dem Film stecke zu viel aufgesetzte Tiefe, er bleibe in seinem mit weit ausholender Geste unternommenen Kunstwollen stecken. Und langweile dabei, denn nicht in jeder der über hundert Minuten könne Sandrine Kiberlain allein den Film retten. Auch der Reiz der popkulturellen Mystifizierung – die Traumebene spielt im Elvis-Dunstkreis von Memphis, Tennessee – läßt auf Dauer nach, »dem Film gelingt nicht, was Jim Jarmusch in ›Mystery Train‹ aus dieser Stadt gemacht hat«, sagt der Cineast Trittin. Der Dokumentarfilm über die Sex Pistols »The Filth and the Fury« habe ihm bisher am besten gefallen, meint der Minister, nun auf dem Weg zum Weinhaus Huth. Bei Tchibo läßt er sich Schoko-Muffins kaufen, er selbst bleibt draußen auf dem Bürgersteig stehen und telefoniert. Der Wind, der anderswo Windkraftanlagen antreiben müßte, fährt ihm hier nur durchs kurzgeschnittene Haar, der Bundesumweltminister hält sich auch frierend aufrecht, er ragt wie ein Leuchtturm aus dem Passantenstrom, er trägt noch immer keinen Mantel. Wer ihn erkennt, bleibt stehen und staunt. Dann hat der Kinogeher im Minister – es geht ihm da fast so wie Johnny Hallyday – plötzlich keine Zeit mehr, der nächste Termin drängt, im Berlinale Palast beginnt »Die Stille nach dem Schuß« von Volker Schlöndorff. Wieder ein Auftritt auf dem roten Teppich, das Mädchen am Einlaß sagt: »Wir dachten uns, daß Sie noch einmal kommen.«

Jürgen Trittin war bis 2005 Bundesminister für Umwelt, Naturschutz und Reaktorsicherheit – und hatte danach vielleicht noch mehr Zeit für Kino.

HAARSCHAUM, KNIEHOCH

Wolfgang Joop hat zur Eröffnung seines JOOP! Stores in Potsdam geladen. Die Hälfte aller Besucher ist mit Fotoapparaten gekommen. Die hellblonde Frau mit dem ZDF-Mikrophon in der Hand fragt die Geschäftsführerin im langen schwarzen Kleid nach den »Berühmten« und sagt dann: »Warten wir mal«. Die Gäste lehnen sich an Vitrinen, in denen Seidentücher liegen, und fragen einander: »Ist Tatjana auch schon da?« – »Sind Sie berühmt?« – »Nein, wieso?« – »Sie lächeln so.« Ein sehr junges Mädchen mit langem, blondem Haar wandelt in einem flauschigen Norwegerpulli durch den Raum. Die Frau am Empfang sagt, sie spiele in »Gute Zeiten, schlechte Zeiten« mit, ihren Namen liest sie von einer Autogrammkarte ab, die sie aus ihrer Gesäßtasche zieht. Eine ältere Dame trägt einen schwarzen Hut, neben ihr steht ein Hals mit sechsreihiger Perlenkette. »Ich trinke so selten und so wenig, da darf ich ja mal«, sagt eine andere Stimme, die Mädchen mit den Tabletts kommen kaum mehr durch das Gedränge. Sie tragen beschriftete T-Shirts. Ein Mann mit langem Seitenscheitel im schwarzen Haar hat die Enden eines weißen, mehrfach um den Hals geschlungenen

Seidenschals in seinen gleichfalls schwarzen Pullover gesteckt. Die größte blau getönte Brille der siebziger Jahre geht durch den Raum, der hier in Frisuren verbaute Haarschaum müßte den Boden einen halben Meter hoch bedecken. Auf einer kleinen Handtasche steht sehr groß und sehr lesbar »Lola«. Lola kann im Gedränge nicht rennen. Sie kommt mit einem Cowboy, der unter seinem schwarzen Stetson aus Filz eine mintfarbene Skijacke trägt. »Ich bin ganz spontan gekommen«, sagt eine Stimme hinter der Vitrine, zuhörende Gesichter sind gut gespachtelt, auch die sowjetische Schminkschule ist noch vertreten. »Schade, daß Moni nicht gekommen ist«, sagt eine Frau in sehr kurzem Rock, im Hintergrund hüten kahlrasierte junge Männer Waren und Vitrinen. »Wir sind alle Potsdamer, wir sind hier groß geworden«, sagt eine ältere Frau, ihre Begleiterin sagt: »Ich bin die Vermieterin.« Parfüme vermischen sich zu einer einzigen Wohlgeruchswolke, in der plötzlich Originale aus alter Zeit auftauchen: ein altrosa Übergangsmantel über blaugrünem Kostüm, ein Vollbart in Wildlederjacke. Ein weiblicher Kurzhaarschnitt trägt einen Fotoapparat von Revue, die Frau daneben toupierte Haare, die dann doch über einen Korsettmantel fallen. Der Vollbart sagt: »Für Potsdam ist das eine ganz, ganz tolle Sache«, und Potsdamer Mütter stellen ihre dressierten Söhne vor, die Deckenscheinwerfer leuchten alle an. Die Vermieterin sagt: »Jetzt fehlen nur noch fünf,

sechs andere Designer in der Straße.« Alle warten auf Wolfgang. Cowboy Sailor mischt sich in die Menge, ein Baby ist
gekommen, Papa hebt die leere Wiege über die Köpfe hinweg. Der Meister kommt um achtzehn Uhr achtundvierzig,
die Fotografen entfachen ein Auslösergewitter. Einer von ihnen klettert auf den Tisch. Joop trägt ein großes glitzerndes
Kreuz im offenstehenden Polohemd, der hochgeklappte Po-
lohemdkragen ragt im Nacken über den Kragen des Nadel-
streifenjacketts. »Ein kleiner, absichtlich eingefügter Fehler,
wie ihn sich nur ganz große Meister erlauben können«, sagt
eine Französin. Joop sagt: »Es ist mir eine große Freude«,
und sieht plötzlich ein bißchen wie Billy Idol aus. Seinem
gewaltigen Grinsen kann man nur mit einem Grinsen ant-
worten, Grinsen füllt den Raum und macht ihn plötzlich
noch viel heller. Joop ist ein Strahlemann, die Gesichtsfarbe
nur einen Hauch zu gesund, um ganz seriös zu wirken. Das
aufgeregte Publikum giert nach Aufmerksamkeit, bei Ge-
schenkübergabe bitten alle um ein Privatlächeln. Die Fern-
sehkamera bekommt das größte. Eine Frau, die jemand für
Frau Stolpe hält, überreicht das Buch »Potsdamer Leben«,
Joop sagt durchs Mikrophon: »Ihr könnt mich kaufen, die
Sachen müssen raus.« Das Baby fängt an zu weinen, die Lokalpolitiker recken sich: »Hallo Kamera, auch ich, bitte,
bitte, auch ich will, bitte, ins Bild.« Graumelierte Männer
fangen an zu drängeln, die mit den kleinen Brillanten im

Ohr halten sich im Hintergrund. Langstreckenlächler Joop hält durch und grinst immer weiter, alle wollen ihr Stück von diesem Honigkuchen. »Einen Besseren hätte die Hamburger FDP nie finden können«, sagt eine Stimme im Gedränge, immer wieder gibt es Blumen zur Geschäftseröffnung. Mancher Strauß, wir haben Allerheiligen, erinnert an ein Grabgebinde. Die blonde Frau im kurzen Schwarzen sagt: »Det is 'n Gerammel hier«, das Baby wird hinausgetragen. Das lange schwarze Kleid der dunkelhaarigen Geschäftsführerin öffnet sich über der Schulter, der Mann vom Radio fragt eine große Blonde vom Privatfernsehen, ob sie schon eine Umkleidekabine gefunden habe. Der Blondinenanteil liegt bei fünfundsechzig Prozent, die dunkel geschminkten Lippen überwiegen. Die Französin, die auf einmal ein wenig sächselt, beschwert sich über den sauren Rotwein, ein ehrlicher Landwein wäre ihr lieber. Die Canapés sind zu groß und fallen beim Abbeißen auseinander. »Die wahre Unkultur«, sagt die Französin, »zeigt sich am Senf auf dem Lachs.« Mit Senfsauce schmeckte auch Lachs nur noch nach Bockwurst. Dann schaut sie in die Runde, sieht eine Sternenbannerkrawatte und die Frau mit der Revue-Kamera und fragt sich: »Wer soll hier eigentlich kaufen?«

An dem Tag im November 1999, an dem dieser Text zum ersten Mal auf den Berliner Seiten der Frankfurter Allgemeinen Zeitung erschien, kam ein Fax in die Redaktion (Faxen war damals noch üblich), ich las darauf den handgeschriebenen Satz: »Lieber David Wagner, habe mich köstlich amüsiert! Ihr Wolfgang Joop«.

Sechzehn Monate später wurde der JOOP! Store in Potsdam – aus, wie es hieß, »technischen Gründen« – wieder geschlossen.

KUCHEN IM AQUARIUM

Über der großen Fensterscheibe leuchtet nur der blau-türkise Buchstabe, der dem Café den Namen gibt. Auf den ersten Blick hat das Café M nichts Besonderes. Man könnte auch vorübergehen. Drei Stufen führen hinauf, die halbrunde Kuchentheke bewacht die Tür. Die Theke schmückt ein Blumenstrauß, manchmal steht auch nur eine einzelne Rose im Wasserglas. Unter dem Apfel- oder Heidelbeerkuchen kühlt sich das tschechische Flaschenbier.

An den kleinen runden Kunststofftischen sitzen Zeitungsleser und Mütter, die Silberstecker im Lippenband, Augenbrauenringe und ihre Kinder tragen. Die Tische stehen in einer Reihe vor dem Fenster und über Eck an der Wand entlang, alles ist pflegeleicht und abwischbar, die Einrichtung ist ein bißchen Kinderzimmer geblieben. Der Raum ist klein genug, um fast immer voll zu sein. Langhaarige lesen abends Bücher, andere, die sich für wichtig halten, lassen sich anrufen und legen ihre Kalender, Notizen und zukünftigen Drehbücher auf den roten Tischen ab. Jeans-, Lederjacken- und Anzughosenträger unterhalten sich. Eine blonde Frau sitzt an der Wand, ihr blauer Einteiler paßt zu den Augen ihres Begleiters. An ihrer Zigarette hängen eine schmale Hand und ein langer Arm, sie raucht, als sei das Café ein Saal ihres Schlosses. Sie können sich anschweigen oder einander die ganze Welt erzählen, zum Beispiel die Geschichte von dem Bekannten, der sagte, er gehe seit zehn Jahren ins Café M und habe dort nie jemanden kennengelernt. Kurz vor seiner Hochzeit aber habe er eine erste Begegnung, wie sie seinerzeit im M hätte ablaufen müssen, mit seiner Freundin nachgestellt. Er habe sich zu ihr an den Tisch gesetzt, sie habe ihm den Gefallen getan und ihm die ersten Augenblicke noch einmal vorgespielt.

Wie um zu beweisen, daß sie schon viel früher dabei gewesen sind, nennen ältere Menschen das M Café Mitropa und erklären, daß das M zu Mauerzeiten, lange vor aller Ostalgie, Mitropa hieß. Wenn sie im weiteren nicht erzählen, daß der Name Mitropa durch die damalige Speisewagengesellschaft der Reichsbahn verboten wurde, folgen für gewöhnlich Sätze über mythische Hausbesetzerzeiten und Straßenschlachten am Winterfeldtplatz. Das M war einmal ein Besetzercafé, die kahlen Wände haben die wiedergekäuten Geschichten oft genug gehört. Von Mitropa blieb nur der erste Buchstabe, das M. Dabei klingt in einem gesummten M viel mehr als in dem technisch-traurigen Dreisilber Mitropa. Mit M fangen Wörter wie möglicherweise, manchmal, Marmorkuchen und Mauerzeit an. Mmh ist der Laut für den Moment, in dem man nicht mehr weiterweiß, stimmhafter und in höherer Tonlage wird Mhmm zum Laut des Wohlbefindens.

Bei einem Besuch des Café M geht es darum, einmal zwischen Wand und Bar hindurch bis kurz vor das Münztelefon zu gehen, gesehen zu werden, selbst zu sehen, zu wenden und zurückzukommen. Und schließlich einen Platz zu finden. Man darf zeigen, daß man allein sein kann, einigen Gesichtern geht es darum, traurig auszusehen. Oder zumindest so, wie von Edward Hopper gemalt. Deshalb ist leicht erkennbar, wer vom Café M nur im Reiseführer gelesen hat. Nur lange Übung überwindet Laufstegunsicherheiten. Zehlendorfer Elternkinder, auf abendlicher Ausfahrt mit Mamis Auto unterwegs, wissen besser Bescheid. Man muß sich selbst bedienen, kein Getränk wird gebracht. Die Wartezeit an der Theke dient denen auf den Plätzen an der Wand zur Inspektion der Ansicht von hinten. Es geht auch darum, die Blicke im Rücken auszuhalten. Man kann einen Abend lang nur darauf achten, wie welche neuen Hosen getragen werden, vielleicht steht M auch für Mode oder abgewetzte Melancholie. Man kann dazu zwei oder drei Schlucke gerührte oder geschüttelte Fröhlichkeit trinken und ganz plötzlich betrunken sein. Vielleicht wird einen Augenblick zuvor noch erklärt, warum, wer ins M geht, nie im Leben ins Café Lux nebenan gehen kann. Jede Kultur hat ihre eigenen, strengen, nicht immer einsehbaren Regeln. Wer nicht trinkt, trinkt Afri-Cola oder Orangina und denkt sich ein eigenes Frankreich dazu. Die kleinen Schwimmbadkacheln im schmalen Durchgang sind von vielen Sohlen abgelaufen, die gelb- und dunkelrotquadratischen Farbpunkte leuchten abgetreten-weiß in das karibische Unterwasserlicht des Neonbuchstabens auf der Scheibe. Die Brasilianerin, die manchmal hinter der Theke steht, hat geflochtene Zöpfe und lacht, die Dunkelhaarige mit den dünnen Lippen tanzt vor der Kaffeemaschine. Die braunen Rohrzuckerstücke stehen offen auf der Kaffeemühle, über der Bar dreht sich ein Ventilator. Das M ist ein Musik- und Rauchaquarium, ein Schwimmer- und Nichtschwimmerbecken. Die kleinen und größeren Fische schauen durch die Scheibe auf die Straße; wenn sie wollten, könnten sie die Uhrzeit auf dem Turm von St. Matthias, der Kirche auf dem Winterfeldtplatz, erkennen. Kerzen, wie sie in Kirchen vor den Seitenaltären angezündet werden, flakkern auch auf den Tischen des Café M. Und rote Friedhofslichter brennen zwischen den Flaschen im Regal. Böse Stimmen sagen, die matten Lichtpickel dürften nur gedämpft von der Decke leuchten, damit die Schummrigkeit sich über die verlebten Besuchergesichter ziehe. Ab und an werden tiefgefrorene Gesichter von einem wandernden Reflexpunkt der blau angestrahlten Diskokugel getroffen. Kurz vor Mitternacht kann es vorkommen, daß alle Zwischenräume zwischen den Besuchern verschwinden, das vollbesetzte M wird ein Schwarm von Fischen, der Schwarm formt einen neuen Körper. Dann ist der Zustand M erreicht.

Möglicherweise ist das Besondere im Café M, daß es nichts Besonderes gibt. Es gibt keine Bilder an den Wänden, und die Wände sind nicht möchtegern-italienisch gelborangefarben gewischt. Sonnabends sind die Blumen in der Vase frisch, es werden Geschichten und Liebesgeschichten, zur Not nur ausgedacht, erzählt. Die Freundinnen stadtbekannter DJs verteilen Flyer für Tanzveranstaltungen. Der DJ selbst trägt sein neues japanisches T-Shirt mit der Abbildung einer automatischen Pistole auf der Brust spazieren. Und läßt sich grinsend fragen, was die Zeichen wohl bedeuten mögen. Am Ende haben sich alle hier abgesessenen Stunden eingeprägt, das Flechtwerk der Stahlrohrstühle schreibt sein Muster durch den Hosenstoff in die Haut. Im M läßt sich warten, die Spiele der achtziger Jahre wie »Warten auf, Warten, daß« werden weitergespielt. Daß draußen vielleicht ganz viel passiert und passiert ist, muß man nicht bemerken. Am Ende steigt man die drei Stufen Richtung Kuchentheke nur hinauf, weil man irgend etwas, vielleicht fängt es mit M an, unbedingt behalten möchte.

Es riecht anders, und die Frau hinter dem Tresen muß jünger sein als das Café, das 1979 eröffnete – und dann, so wird es immer erzählt, zehn große Jahre hatte. Mit Blixa Bargeld, Nick Cave und all den anderen, die hier tranken und rauchten und immer wie die Darsteller eines langen West-Berlin-Films wirkten.

Die neue, große, aus eckigen Metallkisten gebaute Lüftungsanlage stört unter der Decke. Die Gartenstühle sind noch da, Gartenstühle mit Wäscheleinensitzfläche in Schwarz und Rot, sie stehen auf den vertrauten kleinen Bodenkacheln. An der Wand hängen heute großkopierte, ungerahmte Farbfotografien. Sie zeigen lachende Frauen, Kinder und junge Männer, wahrscheinlich in China.

Es riecht nach Croque Monsieur, merke ich nun, nach gegrilltem Sandwichtoast. Früher stand der nicht auf der Karte. Gibt es deshalb nun die Lüftung?

Sechs von sechzehn Gästen schauen auf Notebooks, vier der sechs Notebooks sind MacBooks. Eine Person, es muß ein Snob sein, liest in einem echten Buch, einem Buch aus Papier. Alt sieht es aus, vielleicht stammt es aus einem der Antiquariate, die sich in der Gegend halten. Zwei weitere Gäste tippen auf den Displays ihrer Telefone herum. Angenehm dunkel ist es im Raum, fast düster.

Lana Del Rey singt ihr erstes Album, und ich schaue von der Bar durchs Fenster auf den Bürgersteig, draußen geht meine Zahnärztin vorbei. Und ich denke: Sieh an, ich kenne noch Menschen, die in Schöneberg wohnen. Es werden wieder mehr.

Das große Fenster, durch das ich schaue, besteht nicht mehr aus der einen großen Scheibe, das M ist kein Aquarium mehr. Ein Falt-Schiebefenster mit senkrechten Sprossen wurde eingebaut, der Raum läßt sich nun im Sommer zur Straße öffnen – die Sprossen stören allerdings die Sicht, sie machen aus dem Fenster ein Triptychon. Heute, es ist Winter, hängt ein geraffter roter Samtvorhang bis auf Hüfthöhe davor.

Neben mir an der Bar sitzt ein älterer Mann in weißen Jeans. Er sieht aus, als hätte er immer weiße Jeans getragen, jeden Tag seit 1981. Er trinkt ein Weizenbier.

Die chinesischen Kinder lachen mich von den Fotos an, sie zeigen ihre Zähne. Nur an einem Tisch im Café wird Englisch gesprochen. Die Tresenkraft heißt Dominique und fragt nach, ob es noch etwas sein dürfe, hier muß niemand mehr um Bedienung betteln. Wieder zieht Croque-Monsieur-Duft durch den Raum, diesmal muß ein Toast angebrannt sein. Es gibt kein Mitropa-Geschirr mehr, ich trinke meinen Kaffee aus einer normalhäßlichen Tasse. Es scheint auch keine Milchkaffeeschalen mehr zu geben, ihre Zeit ist vorbei, lange schon, die Milchkaffeeschale hatte ihr Jahrzehnt. Nun dämmern auch im M die Latte-Macchiato-Jahre ihrem Ende entgegen.

Was könnten die Wände erzählen? Wen haben sie hier sitzen sehen? Was haben sie belauscht? Wie oft habe ich hier eigentlich gesessen? Mit wem? Wieviel eigene Vergangenheit sammelt sich an in einer Stadt im Laufe eines Lebens?

»Happy Hour«, wie traurig, nun auch im Mitropa, von 20 bis 22 Uhr. »Longdrinks 4,20 €, Cocktails 5 €«. Ich bestelle einen Gin Tonic und nippe daran, die Diskokugel über den neuen, häßlichen, schwarzen Sesseln im hinteren Bereich des Raums dreht sich nicht. Bernd Cailloux, der in »Gutgeschriebene Verluste« so schön von den frühen Jahren des M erzählt, sitzt nicht dort. Und hat im M wohl auch kein Stroboskop installiert.

Ein sehr kleiner Blumenstrauß, es ist bloß ein Sparblumenstrauß, steht in einer für ihn viel zu großen Vase auf der Kuchenvitrine. Neben ihm vertrocknen die Croissants von heute Morgen unter einer Plexiglastortenhaube. Und jetzt erst bemerke ich die unter dem Tresen versteckte blaue Leuchtstoffröhre, aus ihr strömt das kalte Licht der achtziger Jahre. Hier strahlt es noch, mit letztem Schimmer.

ES GILT DAS GESPROCHENE WORT

An einer der häßlichsten Kreuzungen des Westens liegt die Berliner Institution, die nach der Muse der Astronomie Urania heißt. Das verspiegelte Haus an der Kleiststraße ist Veranstaltungsort der Vortrags- und Wissenschaftsgesellschaft Urania Berlin. Die Vorträge des Tages kündigen sich schon außen in roter Leuchtschrift an, die Türen zu der »großzügigen Garderobenablage« unter dem fensterlosen Humboldt-Saal öffnen sich automatisch. Der große Saal hat über neunhundert »bequeme und geschmackvolle Polsterstühle«, wie es kurz nach der Fertigstellung hieß, dennoch bringt der ein oder andere ältere Gast ein zusätzliches Sitzkissen mit. Die ältesten Besucher ziehen sich an dem Treppengeländer die Stufen hinauf.

Oben vor der Fensterfront hängen japanische Ballonlampen, die der West-Berliner aus der Deutschen Oper kennt. Die Urania ist ein Planet für sich, seine Atmosphäre die der sechziger Jahre. Seit der Einweihung des damals unverspiegelten Neubaus im Jahre 1962 hat sich nicht viel verändert.

Oft verraten schon die Plastiktüten, die über den strapazierten Teppichboden getragen werden, für welchen Vortrag die Besucher gekommen sind. Und immer weniger halten sich an die im Programmheft mit Ausrufezeichen gedruckte Aufforderung »Die Garderobe ist im Foyer abzugeben!«. Zu Beginn des Vortrags ertönt ein Gong, der in die Schulzeit zurückversetzen kann. An der Saaltür kontrolliert ein dunkelhaariges Mädchen Eintrittskarten, sie bewegt sich dabei, als wolle sie viel lieber tanzen.

Heißt ein Vortrag »Die Königsstädte Polens«, ähnelt das Publikum den älteren Semestern, die lange nach Überschreiten der ersten Lebenshälfte noch einmal anfangen, Kunstgeschichte zu studieren. Lodenmäntel und Perlenketten treten auf. Ältere Herren werden in größeren Gruppen gesehen, wenn Fragen wie »Die Selbstversenkung der wilhelminischen Flotte – was geschah wirklich in Scapa Flow?« behandelt werden. Jüngeres Publikum wartet auf den Vortrag »Wie finde ich den Job, der zu mir paßt?«, Schüler und Arbeitslose bekommen Ermäßigung. Fast alle haben Ringbuch oder Spiralblock mitgebracht, eine Mutter hat ihren Sohn dabei und erklärt ihm, »sei bitte leise, die Frau erzählt, wie ich wieder Arbeit finden kann«. »Was würden Sie sein wollen, wenn die Berufsfee bei Ihnen vorbeikäme«, fragt die Dozentin, das Publikum sagt: »Sängerin spiritueller Folklore« oder »Steffi Graf im Ruhestand«. Von innen wirkt der getäfelte Altbausaal, der versteckt hinter dem Neubau stehengeblieben ist, wie ein gut gepolsterter Sarg. Schüler, denen anzusehen ist, daß sie von ihren Eltern hierher geschickt worden sind, kritzeln in ihre Collegeblöcke, trinken Volvic und lassen Haribotüten kreisen. Der kleine Junge fragt: »Mama, was krieg' ich, wenn ich mich gut benommen habe?«

Vor, zwischen und nach den Vorträgen ist die »schöne, lichtdurchflutete Cafeteria«, in der sonntagvormittags philosophiert wird, »einladender Treffpunkt«. Nachmittags stehen die Tortenstückchen schon auf Tellerchen bereit. Zwischen den verspiegelten Regalen sind die Angebote in schwarzer Pinselhandschrift auf die helle Maserung der Holzpaneele gemalt, wie in einem Schwimmbadkiosk. In den Spiegeln hinter den Flaschen und Gläsern sieht man die leeren Äste der Platanen, die auf der »Stadtglatze« neben der autogerecht verbreiterten Straße stehen. Die Straße heißt passenderweise An der Urania. »Ach, helfen Sie mir doch mal, ich habe keine Kraft mehr in den Fingern«, sagt eine ältere Frau, die vergeblich versucht, den Süßstoffspender zu drücken. Zwei andere, vermutlich aus Außenbezirken angereiste Damen trinken Tee.

Wer durch die Programmhefte blättert, bemerkt, die Urania hegt und pflegt die Liebe zum Tier. »Den Vortrag ›Muß Ihr Hund zum Psychiater?‹ habe ich leider verpaßt«, sagt die Frau, die von ihrem Pudel erzählt. Über die Ankündigung »Blasenschwäche – das verschwiegene Leiden« liest sie leise hinweg. Die Urania fliegt in manchen Wochen von polnischen Königsstädten zum Sitz des Kaiserhofs nach Peking und zurück in die Heimatkunde. Zum Beispiel zu dem Vortrag »Reinickendorf – vom Mittelalter bis heute«.

»Wissenschaft für alle« steht auf einem Plakat, das an der verspiegelten Fassade des Urania-Gebäudes hängt. Wissenschaftsvermittlung funktioniert hier nach dem Prinzip der »Sendung mit der Maus«: Irgendwie ist fast alles interessant. Und bloß nie zu viel Tiefgang. Schon in einer Festschrift zum 25. Geburtstag der Urania aus dem Jahre 1913 hieß es, daß »wir hinsichtlich unserer Darbietungen in diesem Theater den Gesichtspunkt der Belehrung nicht immer ausschließlich in den Vordergrund stellen konnten, sondern dem Umstand Rechnung tragen mußten, daß der tagsüber vielseitig beschäftigte Berliner in den Abendstunden der Erholung nachgeht, d.h. angenehm unterhalten oder in bestem Falle sozusagen spielend über naturwissenschaftliche Dinge unterrichtet zu werden wünscht«. Heute will der tagsüber mehr oder weniger vielseitig beschäftigte Berliner Polstersesselreisen unternehmen, will wissen, ob sein Hund zum Psychiater muß, und wie man mit wenig Geld möglichst gut lebt. »Weniger ausgeben, besser leben – wie geht das?«, heißt der Vortrag, der wegen der großen Nachfrage schon zum fünften Mal wiederholt wird.

Die Urania – ein eingetragener Verein, der seine Kulturarbeit aus eigener Kraft und ohne öffentliche Finanzierung leistet – ist oft Bühne für leicht abgehalftert wirkende Gestalten. Vor kurzem stellte Oskar Lafontaine das neue Buch von Horst Eberhard Richter vor. Erich von Däniken füllt alle Jahre wieder den Saal. Und zwischen der ein oder anderen unbestrittenen Koryphäe ernten hier immer wieder auch Professoren großen Beifall, die in der Fachwelt weniger wahrgenommen werden.

Auf körperliche Höhepunkte setzen die Vorträge »Gelassener und effektiver werden – auf die Signale des Körpers hören«, »Wenn mein Partner fremdgeht …« und »Der eigene Tod – philosophisch gesehen«. Das Herz für Tiere zeigt sich bei »Haben Tiere Gefühle und Bewußtsein?«, und passend dazu »Die chinesische Mentalität und Eßkultur: Hunde im Topf und Schlangen auf dem Grill«. Zuletzt spricht Dr. Dr. Eugen Drewermann zum Thema. Er verrät uns, »Was wir von den Tieren lernen können«.

Diesen Text habe ich nur ein einziges Mal vorgelesen, im November 2012, in der Urania.

Vor der Veranstaltung saß ich in der Cafeteria, die ich relativ unverändert, vielleicht sogar völlig unverändert vorfand, trank einen Kaffee und hörte einer alleinsitzenden älteren Dame zu, die ziemlich laut von Führergold, der Alpenfestung, ihrem toten Bruder, den Schweizer Banken, Spandau und einem Schäferhund fabulierte. Unzusammenhängend, aber doch äußerst faszinierend, sprach sie vor sich hin, erzählte von ihrer Familie und kam immer wieder auf die Tresore der Schweizer Banken und das Führergold zurück – bis eine weitere ältere Dame sie bat, hier doch bitte nicht so herumzukrakeelen, sie wolle lesen. Wovon die erste ältere Dame sich nicht weiter beeindrucken ließ, sie redete weiter, nicht weniger laut, vor sich hin, von Albert Speer in Spandau und ihrem toten Bruder.

WIE DAS KRANZLER WAR

Das Café Kranzler heißt jetzt Gerry Weber. Wo es früher Kaffee, Kuchen und Torten gab, liegen heute Blusen und Pullover in Puppenrosa, Flieder und Brombeer. Raumteiler versperren im ersten Stock die Aussicht auf den Ku'damm, und in der Ecke vor dem Fenster steht ein Spiegel. Melancholie auf den Gesichtern der einkaufenden Frauen, vom Café Kranzler ist nur eine Bar in der Rotunde auf dem Dach geblieben.

In den Ritualen der Berlinbeschwörung hatte das Café Kranzler seinen festen Platz. Vom einstigen »Reichsarchitekten der Hitlerjugend« Hanns Dustmann 1957 bis 1958 an der Ecke zur Joachimsthaler Straße erbaut, ist das denkmalgeschützte Gebäude heute ein Standardbeispiel für die Wiederaufbauarchitektur der fünfziger Jahre. Das Café mit dem Schreibschrift-Schriftzug war der emblematische Bau des Kurfürstendamms. Und mit seiner rot-weiß gestreiften Markise auf fast allen fehlfarbigen Ansichtskarten West-Berlins zu sehen.

In der Woche vor Schließung und Umbau führte noch eine mit Teppichboden und Spiegelfolie ausgeklebte Wendeltreppe in den ersten Stock, die Tische standen quer zu den Fenstern, vor denen immer wieder einander fremde Menschen zu kurzlebigen Tischgemeinschaften zusammenfanden. »Kranzler – eben mehr als Kaffee und Kuchen«, las der Gast auf den Zuckertütchen und schaute sich, dieses Versprechen im Ohr, erwartungsvoll um. Die Saaltöchter trugen rosafarbene Polohemden und passend gerüschte Schürzchen, ein Hauch von professioneller Ruppigkeit umwehte den Service. Gästen, denen anzusehen war, daß sie nur dieses eine Mal da waren, konnte mit »Na, nach Kuchen müssen se schon selber schauen« eingespielt unfreundlich begegnet werden.

Die Erinnerung macht das Kranzler jeden Tag ein wenig schöner, tatsächlich jedoch kam die Zitronensahnetorte mit zwei Zentimetern gelbem Geleetortenguß und schmeckte nach Plastik. Ihr Geschmack paßte zu dem abgetretenen Teppichboden und erinnerte an die ein oder andere Kaffeepause auf einer Bundesautobahn-Raststätte. Wahrscheinlich war kein Ort in Berlin weiter entfernt von all dem, was »Neues Berlin« sein will, als das alte Kranzler, in dessen erhaltener Hülle Herr Weber heute seine Kleider verkauft. Wo jetzt Pullover liegen, standen gläserne Salzstreuer, die mit mehr Reis- als Salzkörnern gefüllt waren, und unter der Decke, über den Köpfen der Cafébesucher, hing eine Messingkonstruktion, aus der grüne Farnblätter wucherten. Das Kranzler war so gegenwartslos, daß nostalgische Stimmung aufkommen konnte. Fassbinder-Filme hätten in seiner Inneneinrichtung spielen können.

Der Cappuccino kam mit wenig Schaum und schmeckte wäßrig, Besucher klappten ihre Reiseführer auf und zu, schauten aus dem Fenster und staunten. Erst staunten sie über das bunkerähnliche Ku'damm-Eck von Werner Düttmann und seine große Anzeigentafel, dann staunten sie über den Abriß dieses Gebäudes, das der Kreuzung einen Anstrich von Piccadilly Circus geben sollte. Zuletzt staunten sie über das Trümmergrundstück, das plötzlich wieder eine Ahnung davon vermittelte, wie es nach dem Krieg um die Joachimsthaler Straße herum ausgesehen haben könnte.

»Hallo Martin, ich sitze hier im Café Kranzler und trinke Kaffee«, konnte eine junge Frau an einem der Fenstertische, um die gelegentlich gestritten wurde, in ihr Mobiltelefon sprechen. Ihre Mutter hielt ihre Handtasche auf dem Schoß, schaute im Saal umher und dann wieder leicht beunruhigt auf das kleine Plexiglasschild auf dem Tisch. Auf dem Schildchen las sie die Warnung »Bitte lassen Sie Ihr Handgepäck nicht unbeaufsichtigt«. Andere, ältere Damen behielten ihre Hüte und Pelzmützchen auf, während sie Sahnetorten auf Kuchengabelgröße portioniert in ihren Mund balancierten. Manche kamen jeden Tag, viele von ihnen hatten Stammplätze, Reisegruppen aus dem Fernen Osten wurden hingegen stets weiter hinten plaziert. Für die unter ihnen, die danach suchten, standen Eisbein mit Sauerkraut und Königsberger Klopse auf der Speisekarte. Auf dem Heißlufttrockner in der Herrentoilette verriet ein handgeschriebener Zettel »Außer Betrieb«, neben dem Waschbecken stand eine Dose Raumspray Flieder. Wer zu lange vor dem Spiegel stand, brachte einen Hauch Fliederimprägnierung mit ins Café zurück.

Eine Frau mit Reiseführer sagte: »Vielleicht redet die Bedienung mehr, wenn man zum zehnten Mal da war«, steckte das Trinkgeld wieder ein und blieb vor der Treppe noch einen Augenblick vor der Vitrine stehen, in der sich die Kranzler-Souvenirs zeigten. Es gab da zum Beispiel einen Kranzler-Humpen und einen Kranzler-Teddy. Und zur Erinnerung daran, daß es das Kranzler auch vor dem Krieg schon gab, hingen im Gang zur Küche alte Zeitungsausschnitte, die von der Eröffnung der Ku'damm-Filiale Anfang der dreißiger Jahre berichteten.

Heute, nach dem Umbau zum Kleiderladen, kommt der Besucher nur noch mit dem Aufzug in die Rotunde, aus der einst die legendäre Talkshow ausgestrahlt wurde, in der Wolfgang Neuss Richard von Weizsäcker über das Kiffen aufklärte.

Die Vertreter der Deutschen Immobilien Fonds AG, die im »Neuen Kranzler Eck« siebenhundert Millionen Mark investiert hat, sprechen vom »neuen, moderneren Café Kranzler«, das sie »den Berlinern zur Verfügung stellen«. Und von Gerry Webers Tennishalle in Halle, mit der er sich gastronomisch qualifiziert habe. In der Rotunde, die abends zur Cocktailbar erklärt wird, gibt es weniger als siebzig Plätze. Das alte Kranzler hatte vierhundertfünfzig. Die Tasse Kaffee kostet vier Mark, Coca Cola (0,2 l) ist für fünf, die Flasche »Gerry Weber open Sekt« für einundsechzig Mark zu haben. Hinter dem Kranzler – und aus der Rotunde überschaubar – liegt nun ein neu geschaffener »Kunst- und Event-Hof«, der durch zwei von Helmut Jahn sichtbar lustlos entworfene, kegelschnittförmige Vogelkäfige zum »Volierengarten« werden soll. Verurteilt zum Flanieren streunen Passanten über die ehemalige Hoffläche. Der Investor spricht von »Durchwegungen« und »neuen Lebensräumen« im Schatten von Jahns hohem, gläsernen Riegelbau, der sich neben dem Kranzler-Flachbau mit leerer Spitze zum Ku'damm vorschiebt. Die Post, H&M, Blume 2000 und der Edelramschladen Strauss Innovation warten auf Kunden. Kommt einer, wird er von den großen weißen Überwachungskameras, die überall gut sichtbar herumhängen, gefilmt.

Als er noch Bundeskanzler war, sagte Helmut Kohl: »Statt mir den verpackten Reichstag anzusehen, setze ich mich lieber ins Café Kranzler und schaue auf den Kurfürstendamm.«

Kohl paßte ins alte Kranzler, dort saß seine Generation, schob Kuchen in sich hinein und fühlte sich wohl. Kohl ist nicht mehr Kanzler, und im Kranzler wohnt jetzt Gerry Weber. Und das Ku'damm-Eck hat sich in einen Halbrundbunker verwandelt. Nur die denkmalgeschützte verglaste Aussichtskanzel über dem Eingang zur U-Bahn, aus der in den fünfziger Jahren der Verkehr geregelt werden sollte, steht noch unverändert, wie ein Hochsitz im Stadtwald, hinter den Platanen. Ein Polizist hat da schon lange nicht mehr gesessen.

Neu ist es schon lange nicht mehr – auf den Mülleimern im Hof steht allerdings noch immer »Neues Kranzler Eck«. Die Sittiche sitzen seit über dreizehn Jahren in ihrer Riesenvoliere gefangen: Nymphensittiche, Wellensittiche, Ziegensittiche, Barrabandsittiche, Rotflügelsittiche und Halsbandsittiche sind da eingesperrt, hinzu kommen Alexandersittiche, Felsensittiche, Pennantsittiche, Kragensittiche, Sonnensittiche, Chinasittiche und Königssittiche. Sittiche haben interessante Namen, unterscheiden kann ich sie leider nicht. Sie halten sich tapfer, die bunten Vögel, an diesem sonnigen Februartag bei minus vier Grad. Ganz zu Recht ruft ein Kind: »Sind die aber süß!«

Durch den Kleiderständerwald und den Gerry-Weber-Blusendschungel geht es über Hintertreppen hinauf ins Café Kranzler, in die Rotunde, die vom alten Kranzler übrig ist. Oben angekommen wird der Gast nach seiner Bitte um Kaffee tatsächlich gefragt, ob er Tasse oder Kännchen möchte.

Leicht depressive Stimmung im Raum, trotz der schönen Aussicht. Nur Touristen sitzen hier, sie verraten sich durch ihre Dialekte. Sind sie vielleicht gekommen, weil ihre Großmütter vom Kranzler schwärmten, einst, anno dazumal?

Halogenleuchten strahlen aus der Decke, die rechteckig eingelassenen Lüftungsgitter sind spiralförmig angeordnet. Sieht es nicht aus wie im Frühstücksraum eines in die Jahre gekommenen Mittelklassehotels in Osnabrück? Seltsame Grünpflanzen, wasserpflanzenartig, stehen im Raum, unter ihnen dunkler Teppichboden. Ich bin in ein seltsames Stiluniversum geraten.

Im Hit-Radio singen die lange ins Rentenalter gekommenen Rolling Stones »(I Can't Get No) Satisfaction«. Mein

Kaffee, ich habe eine Tasse bestellt, steht auf einem grün-schwarzen Marmortisch mit Aluminiumfuß, der Barmann in weißem Hemd und schwarzer Weste sieht traurig aus.

»Wir bitten Sie, auf ihre Garderobe selbst zu achten« sagt ein silbernes Schild mit Fünfziger-Jahre-Schrift. Ist das vielleicht vom alten Kranzler übrig? Zu bezweifeln. Diese Schilder werden noch immer hergestellt, wohl um genau dieses Gefühl des Noch-immer-Da zu erzeugen.

Der Kaffee schmeckt wie auf einer Autobahnraststätte. Aber nein – so schlimm schmeckt der Kaffee in den meisten Autobahnraststätten nicht mehr. In diesem Kranzler schmeckt der Kaffee schlimmer. Säuerlich, ein wenig wie Krankenhauskaffee.

Dieses alte neue Kranzler wäre der perfekte Ort für Depressionen – wenn die Aussicht nicht wäre. Da leuchtet der Ku'damm, da ziehen Passanten vorbei, da fließt und stockt der Verkehr. Trost liegt im Großstadtkinobild vor dem Fenster. Spatzen landen draußen auf dem Geländer, die rot-weiß gestreifte Kranzler-Markise hängt noch unter ihnen. Von der Straße aus ist auf ihr der alte Kranzler-Schriftzug in Schreibschriftkapitälchen zu lesen.

Das Café, lese ich, hat nur bis zwanzig Uhr geöffnet. Dabei könnte hier eine tolle Bar sein, hier würde ich gern trinken, mit Blick auf die Verkehrskanzel, die so lange schon unbenutzt auf die Kreuzung Ku'damm / Joachimsthaler Straße schaut. Sieht fast so aus, als wäre sie nun ein Baumhaus in der Platane, die hinter ihr so groß geworden ist.

Die Kranzlerrotunde hat viel vorbeiziehen sehen: Wiederaufbau, die Anti-Vietnamkriegs-Demonstrationen der sechziger Jahre, die Trauermärsche nach dem Tod von Benno Ohnesorg und dem Attentat auf Rudi Dutschke, die erste Loveparade, Trabbis nach dem 9. November 1989. Werner Düttmanns Ku'damm-Eck steht nicht mehr, schade, heute fände ich es sicher schön. Ein ebenso oder viel unförmigeres, vielfach senkrecht geripptes Gebilde hat seinen Platz eingenommen, es prunkt mit einer neobarocken Puttengruppe des Baulöwen und Hobby-Bildhauers Karsten Klingbeil.

Das Hit-Radio spielt »One Night in Bangkok«, die Zeit könnte hier stehengeblieben sein, irgendwann, lange her – und mir kommt es auf einmal vor, als säße ich in einem großen Insekt, das ein anderes, älteres, von innen aufgefressen hat.

SLIPLAMPEN LEUCHTEN IM KUMPELNEST

In der Lützowstraße, kurz vor dem damaligen Niemandsland Potsdamer Platz, am Rande West-Berlins, fand der
Kunststudent Mark Ernestus im Jahr 1987 die Räume des
ehemaligen Bordells Club Maîtresse. Ohne Änderungen an
der Einrichtung vorzunehmen, präsentierte er die Bar wenig
später unter dem Namen Kumpelnest 2000 der Hochschule
der Künste als Abschlußarbeit im Fachbereich Grafikde-
sign / Visuelle Kommunikation.

Hinter dem Tresen standen Mitglieder der Künstlergruppe
Die Tödliche Doris. Aus zwei der mahagonifurnierten Tische, die dem dauerhaften Auf-dem-Tisch-Tanzen nicht
standhielten, baute Die Tödliche Doris die Skulptur »Für
den kleinen Appetit«. Sie bestand aus den zwei geleimten Tischen und einer Schüssel Japonaisekeksen. Barkeeper des
Kumpelnests 2000, aus dem erst in der allgemeinen Inflation
der Zahl 2000 das Kumpelnest 3000 wurde, servierten dem
Publikum auf der documenta 8 Eierschnitten und Lachs-
häppchen, während Die Tödliche Doris auf einem Sofa
»strumpfhosenhüpfte«. Schule und Einfluß der Künstler, die

112

auch »Sliplampen« und Stühle in Kleiderkissen erfanden, zeigen sich im Kumpelnest noch heute an den Barlampen, die wie die von Konrad Adenauer erfundenen beleuchteten Stopfeier durch übergestülpte Socken hindurchleuchten müssen.

Heute wachsen im Kumpelnest Leuchtknospen und Plastiksonnenblumenblüten vor den Flaschen, und wo an der Wand keine Spiegel kleben, wärmt Teppichboden mit Blümchen und Ranken. Wilder Wein aus Plastik schlingt sich um die Bar, den roten Samt an der Wand beleuchten Gartenschläuche und an der Decke flackern künstliche Kerzen im Kronleuchter neben einem aufgespannten Regenschirm. Das Kumpelnest spielt mit der Ikonographie des ehemals anzüglichen Orts, der seinerseits Attribute einer verblichenen bürgerlichen Wohn- und Salonkultur zitierte.

Ein Mädchen steht mit geschlossenen Augen an der Bar, das Schwarzlicht läßt ihren Gin Tonic leuchten, ein mittelalter Mann mit Baskenmütze betrinkt sich leise. Durch den Spiegel kann er auf die Potsdamer Straße schauen. Ein Jurastudent, der seine Barbourjacke über dem gebügelten Hemd nicht ablegen möchte, spricht mit seinem Begleiter über »die beiden Mädels von vorhin«. Und Elvis Costello singt. Im Kumpelnest legen keine DJs auf, hier kommt die Musik von Kassette, Depeche Mode, erstes Album, und früher New Wave. »Da warn wa noch jung«, sagt die Frau mit der

Sonnenbrille und Streifenstretchhose. Ein Jeansjackenträger steht breitbeinig neben ihr, Jackenkragen hochgeklappt. Die Bierflasche in seiner Hand schwebt irgendwo unterhalb seines Bauchnabels. Im Kumpelnest begegnen sich Menschen, die sonst nicht aufeinandertreffen würden, weibliche Brillenträger unterhalten sich mit männlichen Pulloverträgern. Drei gepflegte junge Männer stecken in Sweatshirts, die mit den Aufschriften »Army«, »Nasa« und »Polizei« bedruckt sind, ein Bundeswehrparka mit Abzeichen in Schwarz-Rot-Gold steht ein Stück abseits. Stünde noch ein Indianer unter ihnen, wäre ein Village-People-Plattencover beisammen. Die größtmögliche, dickrandigste Kissinger-Brille schaut auf die falschen Lüster an der Wand; über der Bar, die wie manches Haus des »Neuen Berlin« mit Ziegelfototapete beklebt ist, warnt ein Schild vor Taschendieben. Von ein bis drei Uhr ist es sehr voll, die Diebe hätten leichtes Spiel. Frauen bleiben in der Unterzahl.

Ein Abend, eine Nacht im Kumpelnest übt die Praxis der Kontaktanbahnung. Der mittelalte Mann mit Baskenmütze, der in einer Vorabendserie den Künstler geben könnte, führt einen Veitstanz auf. Feldforscher könnten Transsexuelle, Schwule und Gäste aus Lichterfelde auf einem Ausflug in die Stadt befragen. Karin ist Bankkauffrau, die Ikone ihrer besten Freundin muß Verona Feldbusch heißen. »Ziemlich viele Agenturschlampen hier«, sagt eine andere Frau, die selbst in der Werbung arbeitet. Anzugträger und Frauen in Kostümen kommen zur Besichtigung. Und einer, der vielleicht nicht schlafen kann, ist aus dem nahen Studentenwohnheim herabgestiegen. Er steht noch ein wenig verträumt an der Theke, trinkt und denkt vielleicht: »Dies könnte die Umgebung sein, vor der Mama mich immer gewarnt hat.« Wer um vier Uhr kommt, kommt schon betrunken, weil er schon woanders war. Oder gleich noch weiter will.

Um halb fünf fangen Verona Feldbusch und Billy Idol an zu tanzen. Der schüchterne Freund hat den 1982er-Stil von Depeche Mode bewahrt: die Haare an den Seiten kurz, T-Shirt und Kapuzenjacke. Die Frau aus Lichterfelde tanzt alleine und zieht ihr T-Shirt, Stück für Stück, immer höher. Auf dem Sofa wird hormonübersteuert geknutscht. Die Frau aus der Werbung sagt: »Das Kumpelnest ist ein Baggerladen. Wer mit wem, wird unüberschaubar, die Anmachsituation ist sehr komplex.« Die betrunkene Frau aus Lichterfelde sagt: »Ich hab' keine Komplexe«, und lüftet ihr T-Shirt bis zum Schlüsselbein. Der Künstler mit Bart und Baskenmütze torkelt herbei, das T-Shirt rollt wieder herunter. Der taubstumme Barmann, der schon in Talk-Shows auftreten mußte, behält den Überblick und bemerkt, wenn er angeschaut wird. Den Wunsch nach Bier liest er seiner Kundschaft von den Lippen ab.

Für eine Theateraufführung der Berliner Festspiele wurde das Kumpelnest einmal originalgetreu nachgebaut. Bei manchem Theaterbesucher, der in der bekannten Kulisse eine Version von Molieres »Don Juan« sah, kam das Gefühl auf, ein Stück West-Berlin sei im Museum gelandet.

Das Kumpelnest 3000 ist noch da, im Frühjahr 2012 wurde es fünfundzwanzig Jahre alt. Es gab einige Geburtstagsartikel zu lesen, der von Detlef Kuhlbrodt in der taz gefiel mir am besten. Kuhlbrodt schreibt, daß er bei der Eröffnung des Kumpelnests am 30. April 1987 dabei war, zusammen mit Harald Fricke(†) – Cord Riechelmann stand an diesem Abend hinter dem Tresen und schenkte aus.

Kuhlbrodt meint, das Kumpelnest sei trotz der plüschigen Räumlichkeiten sexuell nie genau definiert und von Anfang an glamourös gewesen. Er erzählt die berühmte Geschichte vom Nacktkellnern: Eine der Tresenkräfte habe an einem Wochenende eine Schicht nackt gearbeitet, die überall im Raum verteilten leeren Flaschen und Gläser ließen sich unbekleidet viel leichter einsammeln. Kuhlbrodt erwähnt auch die Prominenz, die in den Anfangsjahren oft hier saß und trank, Max Goldt zum Beispiel, auch Heiner Müller. Und berichtet von Karl Lagerfeld, der ein Fotoshooting im Kumpelnest veranstaltete, Wolfgang Müller habe ihm erklärt: Das ist Gunter, der ist taubstumm und arbeitet hier. Und Lagerfeld meinte bloß: Warum nicht?

FANTAMÄDCHEN KÜSST MAN NICHT

Irgendeiner mußte immer schon einmal da gewesen sein, sich den Weg gemerkt haben und die Öffnungstage, die als Geheimnis gehandelt wurden, kennen. Es gab kleine Clubs und Bars, die nur an einem Wochentag, nur dienstags, mittwochs oder donnerstags, geöffnet hatten. Oder nur an ungeraden Freitagen oder nur Sonnabend vor Vollmond. Oder an Tagen, deren Datum durch sechs oder sieben teilbar war. Kannte der Besucher den Öffnungstag, mußte er die Hirschbar, die Hausfrau im Schacht, St. Kilda's Trips Drill oder das Vereinsheim auch noch finden. Hinweisschilder gab es keine. Eingänge lagen zwischen verstaubten Ladenlokalen, im zweiten Hinterhof oder einmal quer über ein Trümmergrundstück, hinter einem Loch in einer Brandmauer oder vier Treppen hoch im Seitenflügel. Die Tür zum Kunst und Technik, der alten Mittwochsbar direkt am Wasser, verbarg sich hinter einer unscheinbaren Holztür in einer Mauer zum Monbijoupark. Als die Bar in Strandbadlage bekannt wurde, mußten Vereinsausweise im Scheckkartenformat ausgegeben werden, als sie zu bekannt geworden war, wurde sie geschlossen.

Eine Privatbar fängt als Privatparty an, in der Woche danach darf jeder jeden mitbringen. Es gibt keine Flyer, keine Werbung, anfangs nur eine kleine Gemeinde. Der Türsteher mit der Hornbrille, die wahrscheinlich nur Fensterglas enthält, läßt alle Bekannten in den Keller im Romantiker-Viertel. Unbekannte, die den Zauberspruch »Ich kenne B., ich bin ein Freund von G.« nicht kennen, zahlen fünf Mark. Manche Mädchen dürfen Namen und Anschrift auf die Vereinsliste schreiben.

Nach ein paar Stufen steht man in einem hauptsächlich durch Körperwärme und Rauch geheizten Doppelkeller. Es gibt einen Raum mit Bar, dahinter liegt die kleine Tanzfläche mit der Ecke für den DJ. Auf dem roten Leuchtschild über der Bar liest man »Er-Sie-Es-Salon«. Hinter der Bar steht eine blonde Frau, die jedem, der es hören möchte, erzählt, sie schreibe an einer Diplomarbeit über die Unterwäsche der siebziger Jahre. Sie schneidet Limonen, mixt Caipirinha und klagt, es sei nicht mehr leicht, erstklassiges Forschungsmaterial zu finden. Vor der Bar stehen junge Männer und trinken Flaschenbier. Auf ihre Gesichter fallen Lichtstreifen aus den Korblampen, in denen nur rote Glühbirnen brennen. Die Korbkugeln hängen tief in den Raum hinein. Man kann mit ihnen Kopfbälle üben oder tanzen. Um die Diskokugeln an der Decke kreisen kleine Raumschiffe, ab und zu fliegt ein Lächeln von Gesicht zu Gesicht. Auch die Unterwäscheforscherin trinkt und grinst. Die jungen Männer

119

tragen Fred-Perry-Pullover mit V-Ausschnitt, manchmal Hemdkragen aus anderen Jahrzehnten. Wer hierher gefunden hat, weiß, was er anziehen muß. Deshalb sehen sich alle ein wenig ähnlich. Und manch einer, der tanzt, bewegt sich auffallend lässig. Die Ironie tanzt immer mit, daneben tanzt die Erleichterung, bis in die große Stadt und dazu auch noch, zum Glück, gerade an diesen Ort gefunden zu haben.

Ein Mädchen mit kleinen Pupillen hat sich ein Stofftier mitgebracht. Aus dem Kopf eines Stoffhunds hat sie sich eine Stoffhundtasche genäht und an sehr kurzer Leine am Gürtel über ihrem Hintern angeleint. Ihr Hündchen hüpft beim Tanzen wie ein echter Rauhaardackel, der sich aufs Gassigehen freut. Seine Kulleraugen springen auf und zu. Hinter ihm und seinem tanzenden Frauchen wirft ein Diaprojektor Fraktalmuster an die Wand. Der Raum zeigt sich plötzlich wie die späte Fernsehstudioerfüllung eines alten Wunsches: Hat man sich nicht, als man noch gar nicht ausgehen durfte, Clubs und Kellerbars genau so vorgestellt? Als Mittelding zwischen plüschiger, überall gepolsterter, für Kinder leider verschlossener Hotelbar und dem Partykeller von Onkel Kurt und Tante Trautchen? Fehlen nicht nur noch die halben Hackepeterbrötchen mit Petersiliengarnitur? Eine Anleitung zum Bau eines solchen Partykellers kann man in Büchern der sechziger Jahre mit Titeln wie »So helfe ich mir selbst« finden: Teppichbodenreste bis auf Brusthöhe an die Wand kleben, lackierte Bretter auf Winkeleisen schrauben. Profilholzvertäfelung aus Fertigpaneelen anbringen, Preßholzplatten mit selbstklebender Folie bekleben, alles in Farben, die zu den Flaschen mit farbigen Likören passen. Auf der sichtbaren Stirnkante der Regalbretter läßt sich wahlweise eine bestickte Stoffbordüre anbringen oder eine Furnierleiste aufbügeln. Getränkeuntersetzer werden aus Stoffresten genäht.

Auf einem der unverwüstlichen Polstersessel darf man sich an »Dalli Dalli« oder den »Großen Preis« mit Wim Thoelke erinnern, den Tante Trautchen so gerne sah. Korblampen und Partykeller und viele andere Dinge, die gestern noch so häßlich waren, sind auf einmal Kult. Einige von ihnen sind Kindheitsrequisiten und funktionieren nostalgisch: das Tapetenmuster aus der Zeit der Olympischen Spiele in München, der stumm laufende Fernseher mit Serien der siebziger Jahre, DJs, die sich Wum und Wendelin nennen, ein Radioweckerwürfel, nicht mit leuchtender, sondern umblätternder Anzeige.

Auf dem speckigen Polstersessel, auf dem schon einige Bierflaschen ausgelaufen sind, kann einem auch einfallen, daß solche Clubs Orte sind, die einen absichtlich vergessen lassen, ob es draußen hell oder dunkel und wer man selbst geworden ist. Man darf sich der Nostalgie an die Teestube im Gemeindezentrum, die große Liebe, den ersten Biervollrausch oder andere Gefühle, die sich heute nur mit ungleich stärkeren Genußmitteln hervorrufen lassen, gefangen geben.

Man tanzt und hopst durch das Museum seiner Kindheit oder lehnt sich in einen ergrauten Flokatisesselbezug zurück. Vielleicht hört man noch einmal und noch einmal, man sei in einem illegalen Club, und versucht, den verschwindenden Reiz des Verbotenen zu genießen. Das Restgefühl von Illegalität erreicht ungefähr die Stärke des schlechten Gewissens beim einstigen heimlichen Taschenlampenlesen unter der Bettdecke. Ein wenig kommt man sich so vor, als spiele man endlich selbst eine kleine Rolle in dem Film, den man eigentlich nicht anschauen dürfte. Und wahrscheinlich wird auch deswegen so demonstrativ auf den Boden geascht, weil man weiß, daß Tante Trautchen über so viel Ungezogenheit einen Nervenzusammenbruch erlitten hätte. Vielleicht sollte man auch noch wissen, daß man die Küsse, die nur nach Fanta schmeckten, nicht wiederholen kann. Trotzdem schaut man dem Mädchen mit den Bommelkirschborten an der Schlaghose beim Tanzen zu und möchte sie küssen. Die mit dem Hündchen ist schon gegangen.

Gegen fünf oder sechs Uhr morgens ist von dem konspirativen Gefühl nicht viel übrig. Alles verwandelt sich in vertraute Gemütlichkeit. Jeder kennt jetzt jeden. Alle sind ein Verein, der DJ gibt den Vorsitzenden, Wortmeldungen werden von allen Erinnerungsbastlern mitgesungen. Jede Platte ist eine Erinnerungsplatte, die man vor soundso vielen Jahren, als alles noch ernst gemeint war und wirklich galt, schon

einmal gehört hat. Wahrscheinlich allein in einem Neubau-
zimmer, zu laut unter Kopfhörern oder leise aus dem Radio,
beim Geschirrabtrocknen in der Küche.

Es gab so viele Clubs. Ich bin in vielen gewesen – und habe
viele verpaßt. Im nachhinein, über zwanzig Jahre später, die
Geschichtsschreibung hat eingesetzt, die Verklärung ist
schon lange im Gange, erfahre ich erst, was ich alles verpaßt
habe. Dabei war ich doch da.

Mitte ist jedenfalls länger schon ein anderer Ort. Kein Ei-
mer mehr (heute ein Restaurant), kein Panasonic, kein Fri-
sör, kein Brasilianer (der eigentlich Sabor de Favela hieß),
keine galerie berlintokyo. Kein Kunst & Technik (dort nun
ein Uferweg), kein Schmalzwald. Keine Aktionsgalerie, kein
Dirt, kein Bad Kleinen. Es wird nun oft beschrieben, wie
Mitte war. Ich weiß es eigentlich nicht mehr …

123

IN DER MARIA HEISSEN
MANCHE FRAUEN REINGARD

Der Paternoster des ehemaligen Paketpostamts steht still, die Pförtnerloge mit der musealen Feuermelde- und Wächterkontrollanlage ist zugesperrt. In der Maria am Ostbahnhof erinnern Treppenhaus und Eingangshalle an ein für einen Schülerball umgestaltetes Oberstufenzentrum. Der Funktionalismus des Gebäudes zeigt sich durch das Licht rot verklebter Scheinwerfer. Überall aufgehängte weiße Fernseher (sie stammen aus dem Palast der Republik) schalten aufgrund ihrer unförmigen Ausmaße in die Zeit mit drei Programmen zurück.

Mittwochs findet im ersten Stock der Maria die Flittchenbar statt. Die Flittchenbar ist eine Club-im-Club-Veranstaltung. Die Flittchen-Veranstalter, hervorgegangen aus den Resten der Band Lassie Singers, sagen: »Wir sind gegen neue Niedlichkeit, wir wollen nicht nett beieinander hocken und Kekse essen. Flittchen wollen Schnaps trinken und laut singen.«

Es kommt vor, daß auf dem Oberdeck ein junger Dichter

Verse wie »Ich schmecke Kotze / Ich finde mich häßlich / und meine Zähne / werden gelb« in ein Mikrophon spricht. An anderen Abenden kann man am Kiosk der Flittchenbar ein Flittchen-Zahnset oder eine praktische Fliegenklatsche kaufen. Die Treppe hinunter finden derweil andere Vorstellungen statt: Ein DJ legt im Vorraum auf, Wohnzimmersoundbastler haben ihre Maschinen auf einem langen Couchtisch im Hinterzimmer mit Bühne aufgebaut.

In der Flittchenbar lehnen Mädchen schulterfrei an runden Betonsäulen und rauchen. Andere tragen Fell-Print-Mützchen oder knappe bayerische Lederhosen, manche Frauen heißen Reingard.

Der Fernsehturm blinkt aus dem Spreepanorama, die Anfahrt lohnt allein der Aussicht wegen. Gäste von außerhalb fotografieren sich vor dem Fenster, hinter der Scheibe fängt die renovierte East Side Gallery an. Die Stadt, oder was der Krieg hier von ihr übrigließ – Übergangslandschaft, innerstädtische Peripherie –, liefert die Dekoration. Das hat auch ein Pärchen überstylter japanischer Touristen entdeckt. Wie die zwei, die sich in Jim Jarmuschs »Mystery Train« durch Memphis, Tennessee, bewegen, stapfen sie durch Friedrichshain. Einheimische Großstadtsingles spazieren angestrengter durchs Publikum, tragen DJ-Taschen diagonal vor der Brust oder ein Adidas-Jäckchen zum langen Rock. Oder freiwillig eine Brille mit daumendickem Rand. Weite Teile des

125

Publikums haben die Dreißig vorbeiziehen und winken sehen. Der weibliche Großstadtsingle steht neben seinem
Weinglas, kaut Salzstangen und geht ab und an suchend
durch den Raum ans Fenster. Der männliche Großstadtsingle bewegt sich beim Trinken viel weniger.

Das Gebäude, in dem sich die Maria am Ostbahnhof befand,
wurde 2003 abgerissen. Heute ist dort – noch immer nichts.
Nur eingezäunte Wiese. Der Club zog weiter an die Spree
und nannte sich fortan Maria am Ufer, bis 2011 hatte er sein
Quartier in der leerstehenden Produktionshalle einer ehemaligen Kanufabrik (deren Kanus damals, zu DDR-Zeiten, Berliner Ironie, nicht auf der Spree getestet werden durften,
denn auf der anderen Seite des Flusses lag ja der feindliche
Westen). Die Flittchenbar öffnete eine Zeitlang im Golden
Gate an der Jannowitzbrücke (siehe »Welche Farbe hat Ber-

lin«, S. 24f.), seit Dezember 2010 findet sie einmal im Monat im Südblock am Kottbusser Tor statt.

Bevor die Maria aus dem ehemaligen Lager- und Verwaltungsgebäude des Postbahnhofs an der Straße der Pariser Kommune ausziehen mußte, kam dort auch der heute legendäre, von Almut Klotz (†) gegründete Popchor Berlin zum ersten Mal zusammen, geprobt wurde im ersten Stock mit Blick auf den Ostbahnhof. Und die Buchpremiere von »In Berlin« fand in der Maria statt, am 14. September 2001 – das Thema war, drei Tage nach dem 11. September, dann aber ein anderes.

BENNY BEIMER, DIE FLÖTENSCHÜLERIN UND ICH

An dem Abend, an dem ich in einem Club in Mitte eigentlich die hundert peinlichsten Berliner sehen wollte, die ein Stadtmagazin auf einer Hitliste zusammengestellt und zu einer Party eingeladen hatte, traf ich dort nicht auf Ariane Sommer, sah keine Schweizer Botschaftsgattin und keinen Rolf Eden. Nicht einmal Helmut Kohl war aus Wilmersdorf in den Club an der Torstraße gekommen, der den Namen eines berühmten sowjetischen Kampfpanzers trägt. Zwischen Menschen, die sich gebärdeten, als ob sie noch daran arbeiteten, berühmt zu werden, und jungen Frauen, die nicht darauf verzichtet hatten, sich die von Verona Feldbusch popularisierten Hüftketten über den engen Lederhosenbund zu legen, auch keine Spur von Wolf Biermann. Und nicht mal ein klitzekleiner Michael-Jackson- oder Elton-John-Doppelgänger aus der »Stars in Concert Show« des Neuköllner Hotel Estrel.

Ich wollte schon gehen, als ich die ehemalige Flötenschülerin meiner ältesten Schwester traf. Die ehemalige Flötenschülerin muß vor ungefähr zwanzig Jahren die Flötenschülerin meiner Schwester gewesen sein, wir hatten uns mindestens zehn Jahre nicht mehr gesehen. Damals, als sie bei meiner Schwester Flötenstunden nahm, warf ich gelegentlich Schneebälle an die Fensterscheibe des Zimmers, in dem meine Schwester ihr Flötenunterricht gab. Irgendwie versuchte ich immer wieder, ihre Aufmerksamkeit zu gewinnen, denn ich war, bildete ich mir damals jedenfalls ein, unsterblich in sie, die Flötenschülerin meiner ältesten Schwester, verliebt. Das fiel mir nun wieder ein. Wir lehnten an der nackten Ziegelwand dieses Clubs, der sich in einem alten Keller unter einem Neubau versteckt, und erzählten uns, jeder in zwei Sätzen, unsere Leben. Gerade in dem Augenblick, als die Flötenschülerin ihre Lebenserzählung beendete, ging Benny Beimer vorbei. Ich meine, es ging der Schauspieler vorbei, der vor Jahren, ich glaube ungefähr zu der Zeit, als ich unsterblich, wie ich mir einbildete, in die Flötenschülerin verliebt war, in der »Lindenstraße« den Benny Beimer spielte. Seinen Namen hatten wir beide, die ehemalige Flötenschülerin und ich, vergessen. Und auch das nette Mädchen, das mit den langen Listen der vielen peinlichen oder weniger peinlichen Prominenten, die vielleicht eventuell noch kommen sollten – leider aber noch nicht eingetroffen waren –, oben am Eingang stand, erinnerte sich später, als ich sie fragte, nicht mehr an Benny Beimers richtigen Namen. Für die ehemalige Flötenschülerin und mich war es, inmitten all der Leute, die, so wie wir selbst, auf die angeblich peinlichsten Berliner warteten, einen Augenblick lang so wie früher. So wie ganz lange her. So als schauten wir an einem Sonntagabend, tief in den achtziger Jahren und ineinander versunken, »Lindenstraße«. »Der Arme«, sagte die Ex-Flötenschülerin – ich weiß nicht einmal mehr, ob sie Sopran-, also C-Flöte, oder doch Altflöte in F spielte, oder ob ihre Eltern ihr nicht vielleicht sogar eine Querflöte gekauft hatten –, »er wird immer Benny Beimer bleiben, sein ganzes Leben lang.« Ich sagte ihr, der Flötenschülerin, nicht, daß sie für mich immer die Flötenschülerin geblieben war. Und verzichtete auf die Frage, ob sie heute noch Flöte spiele. Wir gingen zum Buffet und aßen jeder einen Putenknacker. Und Kartoffelsalat. Wir aßen Putenknacker und Kartoffelsalat von einem Pappteller, und einen Moment lang fühlte es sich an, als könne sich jeder von uns beiden gut an die ganz persönliche Peinlichkeit des andern gewöhnen. Wir lehnten uns wieder an die steinbloße Ziegelwand, und die Flötenschülerin, die heute bei einem Style-Magazin arbeitet, sagte: »Früher gab es keine Heizkörper in den Kellern. Und offene Ziegelwände kann ich auch nicht mehr sehen. Bald wird wieder überall der alte Pizzeria-Putz an den Wänden kleben, dieser modellierte Gips, der wie Zuckerguß aussieht.« Während sie das sagte, ging noch einmal Benny Beimer durch den Raum. »Vielleicht hat er niemanden getroffen, der sich an

130

ihn erinnern kann«, sagte die ehemalige Flötenschülerin meiner Schwester. Die Flötenschülerin, fiel mir dann wieder auf, hat sehr dunkle Haare. Und den schönsten Nacken der Stadt.

Benny Beimer, der eigentlich Christian Kahrmann heißt, hat vor einiger Zeit ein Café im Bötzowviertel eröffnet. Es heißt Kahrmann's Own, der Kaffee ist nicht schlecht – und die Liste der peinlichsten Berliner gibt es noch immer, jedes Jahr.

Rolf Eden traf ich einmal auf einer Lesung, die in der Galerie neben der nun verblichenen Bar am Lützowplatz stattfand. Nachdem auch ich dort ein Geschichtlein vorgelesen hatte (es handelte sich um ein kurzes Stück über Campari-Eltern) kam er auf mich zu, reichte mir die Hand, gratulierte mir und meinte, es habe ihm sehr gut gefallen. Und ich dachte, ich mußte das in diesem Augenblick denken: Ist das vielleicht der Höhepunkt meiner Karriere?

Von meinem Lieblingsfeind Helmut Kohl ist nicht mehr oft die Rede. Die Namen der Spender hat er noch immer nicht verraten. Und der früheren Flötenschülerin begegne ich hin und wieder in der Stadt, wir sehen uns alle Jahre wieder. Ihr Nacken ist noch immer wunderschön.

EX 'N' POP

Trauer liegt über der Stadt. Wieder geht ein Ort West-Berliner Befindlichkeit verloren, so die Klage. Nach dem Café Möhring, dem Restaurant Kopenhagen am Ku'damm und dem Café Kranzler hat es nun das Ex 'n' Pop erwischt. Heute ist Schlüsselübergabe, das Haus in der Mansteinstraße, Schöneberg, wird saniert. Und das Ex 'n' Pop geschlossen. Wer nicht wußte, wo es war, mußte diesen Privatclub nicht finden. Das Ex 'n' Pop war diskreter als das Kranzler. Kein Schild, kein offenes Fenster. Eine Klingel, und die Tür im Sommer manchmal offen. »Ich mußte jahrelang hierher kommen, um Nick Cave ein einziges Mal zu treffen. Und an diesem Abend, in der Nacht nach einem seiner Berliner Konzerte, war es so voll wie nie«, sagt ein ehemaliger Gast. Schön wird alles im nachhinein. Die Abstürze und alles, was dort zu sich genommen werden konnte. Und daß es so schön schmutzig war. Früher gab es einen Flipper. Und einen Drogenraum. Und bis zum Schluß Tischfußball. Viel Licht gab es nicht, und im Ex 'n' Pop war es, ganz anders als im Café Möhring, immer gut laut. Man mußte sich nicht unbedingt unterhalten. Es gab einen Tresen aus Holz und an den vielen Abenden, an denen weder Nick Cave noch Blixa Bargeld vorbeischauten, viele Studenten im Publikum. Studenten, die nicht als Studenten erkannt werden wollten und sich deshalb szenig tarnten, während sie auf Untergrund-Prominenz warteten. Christiane Rösinger hat mit ihrer Band Britta ein Lied davon gesungen: »An diesen Ort muß ich immer wieder hin / Weil ich von Beruf Desillusionistin bin.« Es gab Flaschenbier, ein Heiligenbild an der Wand, alte Kinosessel und ein Flaschenregal, das jederzeit hätte umfallen können. Auf den Toiletten leuchtete bis zuletzt nur Schwarzlicht, damit die Benutzer so altmodischer Drogen wie Heroin dort ihre Venen nicht so leicht finden konnten. Einem, der sich trotzdem auf die Toilette traute, Detlef Kuhlbrodt, ist aufgefallen, daß »sein Urinstrahl in diesem Licht ganz hübsch phosphoresziere«.

Später eröffnete wieder ein Ex 'n' Pop, in der Potsdamer Straße 157, dort wo früher das K. O. B war.

134

ROSTLAUBE

Schon von außen macht die Rostlaube der Freien Universität einen kranken Eindruck. Auf der rostigen Fassade des Gebäudes, das von 1967 bis 1972 für die Geisteswissenschaften an der Habelschwerdter Allee erbaut wurde, klebt silberfarbenes Textilklebeband über den größten Löchern der Außenhaut. Dank jahrelanger Vernachlässigung sind das von den Pariser Architekten Candilis, Josic und Woods geplante Haus und seine vorgefertigten Fassadenelemente aus COR-TEN-Stahl mittlerweile fast durchgerostet.

Am Eingang erinnert das seltsam unpassende Hausnummernschild mit seinen verschnörkelten Ziffern auf Emaille die Besucher noch daran, daß sie sich in Dahlem befinden. Die weiße Beschriftung »Haupteingang K-Straße« über der Tür spricht schon die technische Sprache der Fabrik, die man dahinter vermuten muß. Die Pförtner hinter der Tür werden um Auskünfte bemüht und müssen übersetzen. Erstsemester bewegen sich orientierungslos durch den Raum, suchenden Blickes laufen sie durch die Gänge, ihre Blicke wandern über die Plakate an den Wänden. Geworben wird für das Collegium Musicum, für »streßfreies Studieren« und

Sprachpatenschaften. Ein Aushang im Glaskasten vor dem ehemaligen Eingang in die Germanisten-Bibliothek – heute zwangsvereinigt mit den Romanisten – kündigt die Disputation einer Dissertation mit dem Titel »Kindereigene Tänze in der Türkei« im Fach Musikwissenschaften an. Der Stenographische Dienst des Deutschen Bundestags sucht Schreibkräfte, Bangkok sucht Deutschlehrer. Straße L ist leer und blau und kalt. Auf einem Zettel sucht eine nach Selbstauskunft »wahrhaftig nette Studentin« ein Zimmer im Westen.

Versuche, diesen Bau zu begreifen, gibt es viele. Einer von ihnen ist der halboffiziell eingebürgerte Name »Rostlaube«, er versucht, das Monströse zu verniedlichen und somit begreifbarer zu machen. Wer möchte, kann in der Rostlaube die Inszenierung eines Klosterbaus im industrieästhetischen Gewand erkennen. Vielleicht ist der Bau aber bloß eine ins Gigantische geblähte, ausgewalzte Laubenpieperei. Oder eine in die Jahre gekommene Escher-Erfindung, ein unsymmetrisch geknüpfter Riesenteppich oder Piranesis »Carceri«, für Studenten nachgebaut.

Der so phantasievoll und verschachtelt umbaute Raum sollte sich den wandelnden Bedürfnissen anpassen, hieß es früher einmal, die Raumaufteilung ist dank der verschiebbaren Wände veränderbar. Das Haus sollte wie ein Baukasten nach dem Lego-Prinzip funktionieren, der Traum von der offenen Gesellschaft, den die siebziger Jahre träumten, wirkte sich bis in die Grundrisse aus. Die Überforderung des offenen Prinzips schlug jedoch in eine unübersichtliche Verwinkelung um, in der sich ohne Kompaß kaum jemand mehr orientieren konnte. Und nicht nur den Studenten, auch den Professoren fehlten seit jeher Gemeinschaftsräume. Verfeindete Lehrstuhlinhaber müssen sich hier nie begegnen. Verschwindet ein Lehrstuhl, verschwindet oft ein Arbeitskabäuschen. Um die größten und schönsten Zimmer – einst mit von den Architekten entworfenen Möbeln ausgestattet – wird gekämpft. Berufungsverhandlungen werden heute schon einmal um eichenfurnierte Schreibtische geführt. Etwas wie Sehnsucht nach Eichenfurnier spricht auch aus der spätimpressionistischen Ballszene, die auf einem Plakat für den FU-Ball im Palais am Funkturm werben will. Auf den Fluren der Rostlaube muß das beinahe komisch wirken.

Das große Streiksemester Ende der achtziger Jahre sorgte für Veränderungen. Damals erst wurden die bis dahin größtenteils verschlossenen Innenhöfe zugänglich gemacht. Auch die Fachschaftscafés und Cafés wie das für männliche Besucher verbotene Lesbencafé Furiosa sind Errungenschaften des Streiksemesters. Das bekannteste und mit Abstand erfolgreichste Café ist der Rosa Salon, der seine Gäste mit Dallmayr prodomo verwöhnt. Auf den abwaschbaren Tischdecken, kariert oder mit Sonnenblumen, liegen alle möglichen Zeitungen. »Vergolde Deinen Schwanz«, sagt ein

137

Plakat, das da schon seit zehn Jahren hängt, hier fallen Sätze wie: »Ich müßte mal ein Praktikum oder sowas machen.« Ganze Erstsemestergenerationen haben hier ihre Zeit bis zum lang hinausgezögerten Abschluß abgesessen, könnte einer der Kaffeeausschenker erzählen.

Die Passanten auf dem K-Gang, dem Laufsteg des Rosa Salons, zeigen die herrschende Gleichzeitigkeit der Stile. Hier werden, wie es gefällt, enge oder weite Hosen getragen. Der Tweed-Jackett-Konservatismus der Historiker ist mit dem Friedrich-Meinecke-Institut aus der Rostlaube ausgezogen, die weiblich dominierten Fächer Romanistik, Psychologie und Pädagogik sind geblieben. Germanisten tragen gern Flohmarktjacken oder alte Anzugwesten über weißen oder stark gemusterten bunten Hemden, deren Herstellungsjahrzehnt man am Kragen ablesen kann. Hin und wieder huschen auch noch seltene Exemplare des Typus Späthippie durch die Gänge. Sie tragen ihre Bücher im Leinenbeutel und kennen sich besser aus als ihre plateausohlentragenden Verfolgerinnen. Bis auf den kleinen Rest der weiblichen Kunsthistoriker, die im zweiten Hauptfach Italienisch studieren, ist die Rostlaube barbourfreie Zone. Die Töchter, die blauen Steppjacken und die hellblauen Blusen studieren und essen anderswo. In der Rostlaube dominieren die Geisteswissenschaftlerin und die durchschnittliche Lehramtsstudentin. Neben ihr steht oft ein blonder Sportstudent in Turnschuhen. An manchen Tagen läuft ein Mann, der blaue Müll-tüten statt Hosen um die Beine trägt, über die Flure. Es gibt Leute, die behaupten, er sei früher wissenschaftlicher Mitar-beiter am Philosophischen Institut gewesen.

Besucher finden die Gänge heute leerer als früher oder da-zumal. Erstsemester hören immer wieder: Heute gibt es viel weniger Studenten. Weitergereicht aber wurde der Germa-nisten-Topos, daß gerade dieses Gebäude Grunderfahrun-gen des zwanzigsten Jahrhunderts wie Entfremdung und Unbehaustheit erst erfahrbar mache. »In-die-Welt-Gewor-fenheit kann hier jeder an sich selbst studieren«, kann man hören, und: »Wurde der K-Gang nicht nach dem beinahe na-menlosen Helden des Kronzeugen dieser Erfahrungen be-nannt?« fragt die junge Germanistin. Daß ihr Kommilitone sich auf der Suche nach Räumen mit Bezeichnungen wie »K 29/19« oder »JK 26/139« immer wieder verläuft, scheint Teil der akademischen Initiation zu sein.

Wo der Teppichboden von diesen labyrinthischen Irrun-gen durchgetreten wurde oder aufgerissen war, ist er mit braunem Paketklebeband streifenweise abgeklebt. Und wo ein Exemplar der weißen Drahtgitterbänke steht, die dem, der sich auf ihnen zu lange ausruht, ihre kleinen Quadrate in die Rückenhaut prägen, ist der Teppichboden mit schwar-zen Brandlöchern übersät. Die Spatzen haben gelernt, durch die gekippten Flurfenster zu fliegen und Kuchenkrümel vom Teppichboden zu picken. Eine Wanduhr ist kreuzweise mit Textilband zugeklebt. Andere Uhren stehen schon jahrelang auf halb eins. Personen, die Jahre hier verbracht haben, behaupten gerne, in dieser Luft sei irgend etwas, das außerordentlich schlaff, winterschläfrig, ja, sterbensmüde mache. Manch einer schiebt die Schuld auf den Asbest. Die Professoren, die auf den Sofas ihrer Zimmerchen Mittagsschlaf halten können, werden beneidet.

Als man Anfang der neunziger Jahre im Gebäude der Rost- und Silberlaube Asbest entdeckte, wurde das Haus handstreichartig geschlossen, und alle Decken wurden großflächig mit Dämmplatten abgeklebt. Zur Abdichtung der Fugen kam das bewährte Klebeband zum Einsatz. Seitdem müssen Lochmetallträger zur Abstützung mitten in den Räumen stehen. Das Lego-Prinzip der offenen Bauweise wurde durch diese Märklin-Metallbauelemente nicht wirklich aufgelockert, sondern eher verstellt. Wo Wasser durch die Decke gelaufen ist, haben die Dämmplatten sich selbst marmoriert, manchmal löst sich auch ein Klebebandstreifen und hängt wie ein alter Fliegenfänger von der Decke. Der Betrachter hofft, daß nicht gerade dieser Klebestreifen das Letzte ist, was dieses Gebäude zusammenhält. Die großflächigen Sprüche und Wandmalereien, die das Streiksemester vor zehn Jahren hinterlassen hat, blieben erhalten. Dem Erstsemester, der sie heute während irgendeines Einführungsvortrags oder später, während eines langweiligen Referats, betrachtet, müssen sie wie Wandkritzeleien aus Pompeji vorkommen. Und von dem Gebäude, das die Schmierereien eher schlecht als recht vor Verwitterung schützt, dürfte er sagen: Es verbreitet eine gewisse Ruinenromantik. Sie oder er kann sich das alles verschüttet und überwuchert vorstellen: Bliebe vielleicht eine sanfte Erhebung im Gelände. Metalldetektoren späterer Kulturen würden hier ausschlagen, fündig werden und sich, weil alle Bücher längst verrottet wären, fragen, zu welchen kultischen Handlungen die eisernen Gänge und Winkel wohl dienten.

Von einem der Dachgärten betrachtet, wirkt die Rostlaube schon heute fast zugewachsen. Vielleicht schläft sie unter Brombeerranken und seltenen Gräsern nur eine Art Dornröschenschlaf. Die Vorgabe, daß der Bau sich in die Dahlemer Villenbebauung einpassen möge, wurde glücklich erfüllt. Nur hier und da ragt ein Treppenhausschacht wie ein Geschützturm aus dem flächigen Bau heraus. Die Rostlaube könnte auch ein gesunkener Flugzeugträger sein.

Der Prinz, der das Haus aus dem Dornröschenschlaf küssen soll, ist schon bestellt: Sir Norman Foster leitet die Renovierung, die bei laufendem Lehrbetrieb durchgeführt werden soll. Die Entkernung der beiden großen Hörsäle 1a und 1b hat begonnen, eine neue, zentrale Bibliothek für die Philologien wird gebaut, die rostende Außenhaut aus

141

COR-TEN-Stahl soll entfernt werden. Und die Rostlaube, die dann gar nicht mehr Rostlaube heißen kann, soll mit nichtrostenden Bronzeplatten verkleidet werden.

Die Rostlaube, die nicht aufhörte zu rosten, wurde tatsächlich abgerissen und neu gebaut, ihre Außenhaut besteht nun aus dunkler Baubronze. Sie steht wieder da wie neu – wobei, das ist auch schon wieder einige Jahre her. Eine Beschreibung dieses geklonten Gebäudes, dieser neuen Rostlaube findet sich in »Welche Farbe hat Berlin« auf den Seiten 175–184.

Derzeit entsteht in Dahlem auf einer früheren Freifläche übrigens eine weitere, dritte Laube, die »Holzlaube« heißen und Rost- und Silberlaube im Sinne von Shadrach Woods Entwurf ergänzen soll.

STAATSBIBLIOTHEK

Die Staatsbibliothek an der Potsdamer Straße betritt der Besucher durch eine Drehtür, dahinter liegt, wie eine Zollstation, die Bücherschleuse, an der mitgebrachte Bände deklariert werden müssen. Der Jahrespassierschein kostet dreißig, Tagesbesucher zahlen eine Mark. Jacken, Taschen und Hunde müssen draußen bleiben.

Die beliebtesten Leseplätze liegen auf der Empore und in der Senke vor der großen Fensterfront zur Potsdamer Straße. Je nach Wochentag sind sie zehn bis fünfzehn Minuten nach dem Öffnen der Türen belegt. Aus der Schweinebucht, wie das Becken vor dem Fenster heißt, kann man den ganzen Tag auf die Uhr der St. Matthäuskirche schauen. Die Plätze am großen Lichtschacht und andere Tische weiter weg vom Fenster sind weniger beliebt.

Der Lesesaal füllt sich früh zu großen Teilen mit Besuchern, die ihre eigenen Bücher mitbringen. Andere Stabigänger suchen hier die Literatur, die sie anderswo nicht finden. Mancher kommt auch nur zum Schreiben, weil es hier trotz so vieler Menschen so schön still ist. Oder weil es im Sommer kühl und im Winter warm ist. Oder man hofft, vom scheinbaren Arbeitseifer um einen herum angesteckt zu werden. Manche kommen, weil ihre Freunde hier sind oder weil sie einen Schwarm haben. Der aus der Ferne zu beobachtende Schwarm ist der selbst geschaffene Anreiz, hier jeden Tag zur meist unbezahlten Arbeit zu erscheinen. In einem dürren Leserleben kann die Stabi ein soziales Ereignis sein. Stabifamilien und Arbeitsgruppen kontrollieren sich und ihre Gruppentänze gegenseitig: Wer geht mit wem, wann und wie oft am Tag Kaffee trinken. Und wer ißt seinen Kuchen neuerdings wieder alleine. Zwischen den Cafeteriagängen kann man vor seinen Büchern auf seinem Freischwinger wippen, Bleistifte spitzen oder auf den großen Einfall warten. Und versuchen, sich so nachdenklich wie möglich zu geben. Man kann Medizinstudenten dabei beobachten, wie sie ihre Lehrbücher mit Leuchtstiften voll malen. Man kann sich dem Privatstudium aller möglichen menschlichen Ticks widmen. Verfolgen, auf wie viele Weisen sich Haarsträhnen um Finger wickeln lassen, Fingernägel abgekaut, Unterlippen geknetet werden können. Wirklich uneinsehbare Plätze gibt es wenig. Früher oder später werden alle Nasenbohrer entdeckt.

Man kann Spiele wie Studienfachraten spielen: Wenn Juristen sich nicht durch ihren dicken roten Schönfelder, ihre Bibel im Backsteinformat, verraten, erkennt man sie meist an den Schuhen. Manchmal krempeln sie die gebügelten Ärmel ihrer Hemden auf. Mediziner versuchen, sich lässiger zu geben. Böse männliche Zungen haben für einen bestimmten weiblichen Typus das Wort »Stabilette« geprägt. Die Stabilette trägt hellblaue Blusen zu frisch gewaschenen Jeans, fährt immer wieder gerne nach Italien, vervollständigt ihre Gucci-Gürtelsammlung und spricht darüber. Die verwegeneren unter ihnen tragen ihre hellblauen Blusen über dem Hosenbund oder lassen sie gar unter dem Pullover hervorschauen. Ihre Barbourjacken mußten sie an der Garderobe abgeben. Sie sind ganzjährig mit Hustenbonbons und Tempotaschentüchern bewaffnet. Manchmal verstopfen sie sich ihre Gehörgänge mit gelben Ohropaxknubbeln.

An bedeckten Regentagen kann man während des Wartens auf die nächste Pause auch heimlichen Ritualgängen nachgehen. Man kann auf den großen Globen vor der Landkartenabteilung nachsehen, wohin man gerne fahren würde, wo man schon war oder wo man auf seiner Weltreise nun wäre, wenn man nicht durchs Examen gefallen wäre. An nervösen Tagen kann man plötzlich Angst bekommen, alle Bücher, Aufzeichnungen, der Computer könnten gestohlen werden, während man selbst schon wieder in der Cafeteria sitzt. Und sich langsam räuchern läßt. Dort kann die Zeit mit Stabi-Nostalgie vertrieben werden, man kann sich an den heute zugebauten Fensterblick auf das brache Ödland mit Kaninchen erinnern. Der Blick reichte, am Bellevue-Tower vorbei, weit in den Warschauer Pakt hinein. Dann kamen die Bagger und hoben Baugruben aus, es folgten die Jahre, in denen die Cafeteriabesucher den Bauarbeitern staubgeschützt winken konnten. Daß die Stabi früher fast im Niemandsland lag, ist heute nicht mehr zu sehen, optisch schlanker geworden, schmiegt sie sich dicht an die Baumassen des Potsdamer Platzes.

Kurz vor Sonnenuntergang drehen die senkrechten Sonnenblenden vor dem großen Fenster sich wie Sonnensegel einer Raumsonde. Reicht die Helligkeit aus den aufgeschnittenen Milchlicht-Kugeldüsen an der Decke nicht mehr aus, werden auch die Südjalousien geöffnet. Seit die Engel in »Himmel über Berlin« frei schwebenden Geist und innere Monologe in ihren Engelohrantennen empfangen konnten, hat sich im großen Lesesaal nicht viel verändert. Der flauschige, trittschalldämpfende Teppichboden, farblich irgendwo zwischen Zahnbelag und hellem Erbspüree changierend, mußte an einigen Stellen ausgebessert werden, die Pusteblumen-Lüster hängen noch. Solange Ruhebetten und Sauerstoffzelte fehlen, unter denen von automatischer Wissenstransfusion via Datenkabel geträumt werden könnte, lassen Etui- und Futteralmenschen ihre Müdigkeit in den braunen Kuschelsesseln der Chill-out-Zone im Ostfoyer versinken. Von dort läßt sich weiter auf den Strom der Schlag- und Hüfthosenträgerinnen schauen, die auf Plateausohlen über den

146

Laufsteg Richtung Cafeteria defilieren. Im Sommer schwebt die eine oder andere somnambule Teppichbodenwandlerin barfuß ein. Dann wird die Stabi zum Strandbad Stabi.

Die, die hier auf den Stühlen kleben, auf ihren Tischen Stillleben aus Federmäppchen bauen und Treppen hinauf- und hinuntertanzen, sind nicht nur Nutzer der Staatsbibliothek, sie sind auch Statisten einer Großinstallation. Zum Beispiel gibt es einige sehr schöne Exemplare des ewigen Studenten, Dauerleihgaben freien Willens. Und es gibt mittelalte, manchmal gar mittelalterliche Allegorien des Fleißes, die sich immerzu über ihre Pulte beugen. Für die Dauer des Aufenthalts wird der Leser Teil und Exponat dieses Gesamtkunstwerks. Wenn das Licht günstig fällt, wirkt der eine oder andere darin fast wie von Vermeer gemalt. Vielleicht hat die Leitung des Hauses gerade deshalb, um diese museale Stimmung nicht zu stören, bisher Abstand davon genommen, einen vollständig informatisierten Katalog einzuführen. Statt dessen werden kleine Zeitreisen in die Vergangenheit angeboten: Zettelkästen mit Vor- und Nachkriegskatalogen können durchsucht werden, während das grüne Licht der Mikrofilmlesegeräte einen Hauch von Raumschiff Enterprise, erste Staffel, verbreitet. Die Leihscheine zur Buchbestellung müssen handschriftlich ausgefüllt, Signaturen übertragen werden. Die Stabi ist auch ein Museum für anderswo ausgestorbene Arbeitsabläufe geworden.

Der Dreiklang und die jeden Abend viel zu laute Schluß-
ansage aus dem Off wecken spätestens um Viertel vor neun
aus allen Träumereien. Um neun wird geschlossen, auf allen
Decks wird gepackt.* Und es heißt Abschied nehmen vom
unbekannten Schwarm, von der Stabifamilie und den virtu-
ellen Freunden, die man jeden Tag sieht und doch noch nie
gesprochen hat. Ordentliche Menschen schieben ihren Stuhl
ganz zurück und löschen ihre Leselampe. Wer ein kosten-
pflichtiges Dauerschließfach hat, kann sich nach der Aus-
gangskontrolle noch von seinen Spindfotos verabschieden.
Tagesbesucher dürfen sich als Andenken eine der transparenten Plastiktüten mit dem blauen, in der Präposition preußeln-
den Aufdruck »Staatsbibliothek zu Berlin« mitnehmen. Die
gibt es bislang noch umsonst.

* Die Öffnungszeiten sind ein Problem, die Stabi öffnet zu spät und schließt zu
früh. Die Bibliothek im Grimm-Zentrum hat von acht Uhr morgens bis Mitternacht
geöffnet, dort sitze ich mittlerweile lieber. Oder im Paradies – dem neuen Lesesaal
der Staatsbibliothek Unter den Linden.

Kleiner Nachtrag zu der verbreiteten These, die Stabi funktioniere als Eheanbahnungsinstitut: Ein Freund lernte eine Frau in der damals noch existierenden Notebook-Ecke kennen, die beiden verliebten sich, zogen zusammen, bald fand die große Hochzeit in der Potsdamer Friedenskirche statt, die Familien und die Freunde feierten auf einem Schloß, das Paar bekam zwei bezaubernde Kinder – und ist heute, zwölf Jahre später, so passiert's, wieder geschieden.

DER WILLE ZUR IDYLLE

»Ich kann den Potsdamer Platz nicht finden«, sagt Curt Bois, als er in »Himmel über Berlin« über ein leeres Feld im Brachland vor der Mauer spaziert. Käme er heute an gleicher Stelle aus der schon lange wiedereröffneten U- oder S-Bahnstation Potsdamer Platz, er hätte es kaum leichter mit seiner Suche. Vorbei an der Nachbildung der ersten europäischen Verkehrsampel ließe er sich vielleicht verleiten, dem Schild »Potsdamer Platz Arkaden« zu folgen.

Wer dort Bögen auf Säulen, Arkaden wie auf dem Markusplatz Venedigs oder der Plaça Reial Barcelonas erwartet, sieht sich nach kurzem Fußmarsch getäuscht. Man hat ihn in eine überdachte Ladenzeile, in den Wurmfortsatz des Potsdamer Platzes gelockt. Dem Besucher schlägt ein Asia-Bratwurst-Espresso-Parfümproben-Duftcocktail entgegen. Nur ganz fröhlichen Konsumenten unter all den Menschen, die durch diese glückseligmachende Einkaufslandschaft schlendern, kann ein jauchzendes »Auch ich in Arkadien« entfahren. Dem, der nur schaut, fällt auf, daß viele Geschäfte sich ausländische Namen gegeben haben. Englisch führt die

Liste unangefochten an (Foot Locker u.v.a.m.), Italienisch liegt an zweiter Stelle (Benetton Zerododici, Giacomelli), auch Französisch spielt noch eine Rolle, ein Imbiß heißt nicht schlicht »Kartoffel« sondern »Pomme de Terre«. Tatsächlich werden dort bloß Kartoffelpuffer ausgebacken. Deutsch-direkt und ohne Rücksicht auf Grammatik kommt »Wolf echt gute Wurst« daher.

Neben dem Duft der guten Wurst wehen in der Vorweihnachtszeit auch internationale Weihnachtslieder durch Einkaufsarkadien. Der Kinderchor der Richard-Wagner-Grundschule, der sich zwischen riesigen Lautsprecherboxen aufgebaut hat, singt »Walking in the Winterwonderland«. Die Begleitung kommt vom Tonband. Als das Lied zu Ende ist, sagt der Chorleiter im himbeerfarbenen Zweireiher mit neufünfländischem Akzent: »Jetzt singt die Melanie alleine.« Und Melanie singt »Morgen Kinder, wird's was geben«.

In einem der Glashäuschen zwischen den aufgebauten Märchenszenen sitzen uniformierte Damen wie in einem transparenten Knusperhäuschen und verteilen das Werbeblatt »Potsdamer Platz Arkaden aktuell«. In der Broschüre kann man Sätze wie »Hier schlägt der Mode-Puls der Welt« entdecken. Die Schaufensterpuppen scheinen die Broschüre noch nicht gelesen zu haben. Ein Blick auf die Passanten zeigt junge Paare, wie man sie aus der König-Pilsener-Werbung kennt, jungblonde Geschäftsfrauen, die farbige Mobiltelefone ausführen, Umlandbewohner und eingewanderte, südwestdeutsche Gesichter, denen schwäbischer Fein- und Doppelripp durch den Wintermantel scheint.

Die Dekorationen – gleich neben dem Chor beugt sich Rotkäppchen über den bösen Wolf, der sich als Großmutter verkleidet hat – werden von Wachschutzleuten bewacht, die in ihren Phantasieuniformen an die Polizei von Entenhausen erinnern. Der Wachmann mit der großen, kopfverbreiternden Uniformschirmmütze, der Rotkäppchen so schlecht bewacht, muß all seine lässigen Drehungen und Bewegungen den US-amerikanischen Vorabendserien abgeschaut haben. Seine Kollegin vor dem Ausgang darf bloß eine Baseballkappe mit dem weißen Schriftzug »Security« tragen.

An ihrem eigenen Anspruch gemessen, wirkt die ganze Anlage bieder. Architektonisch hat sie zum Thema Einkaufszentrum nichts zu sagen. Schon beim ersten Besuch versucht man, sich an seinen letzten Besuch zu erinnern. Vielleicht liegt das daran, daß fast alle Einkaufszentren, ob sie am Stadtrand, auf einem Flughafen, in Nordamerika oder in Belgien liegen, einander ähneln. In den Arkaden zitieren schmale, lehnenlose Holzroste die klassische Straßenmöblierung der westdeutschen Fußgängerzone. Die Sitzflächen dieser Alibibänke pressen den Oberschenkelpaaren, die hier zu lange kleben bleiben, ihre Streifen ein. Den Oberschenkeln geht es wie den guten Würstchen auf dem Grill; Hänsel und

Gretel, die gleich daneben aufgebaut wurden, können nur pausenlos ihre Köpfe schütteln.

Neben dem Märchenpfad fehlen den Arkaden nur ein paar malerisch verkleidete Obdachlose, wie sie in deutschen Vorabendserien oder Phil-Collins-Videos zur Beruhigung des Gewissens auftreten dürfen. Wahrscheinlich dürften die Kostümkommissare sie jedoch nicht lange im nichtöffentlichen Raum dulden. Am Ausgang wackelt die Einkaufsidylle, das hat sie mit dem Gestiefelten Kater gemeinsam, zum Abschied mit dem Schwanz.

Wer weiter nach dem Potsdamer Platz sucht, dem kommt vielleicht die Idee, dieser Platz erstrecke sich über seinen Wurmfortsatz hinaus bis in imaginäre Gefilde. Die scheinbare Unbestimmbarkeit seiner Lage macht ihn so ominös und dehnbar. Auf vergilbten Fotografien glauben Zeitzeugen seines goldenen Zeitalters, die verlorene Urbanität von einst mit der Lupe finden zu können. In ihrer Mythologisierung ist vom Potsdamer Platz immer als dem »verkehrsreichsten Platz Europas« die Rede. Als sei das an sich schon eine Auszeichnung und nicht eher ein Indiz für Unbewohnbarkeit.

Damit die Sträßchen vor dem Großkino heute für den verkehrsberuhigten Schlenderverkehr frei bleiben, werden die Autos in den Tiergartentunnel versenkt. Vor den Außenschaufenstern herrscht Fußgängerfrieden wie in der Wilmersdorfer Straße. Der Wille zur Idylle ging so weit, die kurzen

Straßen »Gassen« zu nennen, als ließe sich so der Geist von Rüdesheim am Rhein beschwören. Eine der Stummelstraßen zwischen den Zuckergußfassaden, eigentlich nur eine größere Parkbucht, heißt dann auch gleich »Joseph-von-Eichendorff-Gasse«. Das Straßenschild ist nur unwesentlich kürzer als die Straße selbst.

Die frischen Zuckergußfassaden stehen in für Berlin untypischer Enge beisammen, dicht wie einzelne Kuchen-und Tortenstücke auf einer Tortenplatte. Alles sieht sehr lecker und eßbar aus. Man kann Geschmack an dem Gefühl finden, durch eine große, aufgeblähte Modellbaulandschaft zu marschieren. Die schmalen Leerzeilen zwischen den Terrakottakacheln lassen sich dann als Legosteinfugen lesen. Die Schrumpfautos, die hinter den Schaufensterscheiben auf Käufer warten, verstärken den miniaturisierenden Effekt. Die Autos sind klein und bunt, als müßten nur Enten, Kinder und Mäuse darin fahren. Nicht nur die Uniformen der Wachleute, auch die Autos erinnern an Entenhausen. Und so betrachtet wirken die Straßenlaternen wie die Häuser noch immer, als wären sie wie im Comic nur gezeichnet und nachkoloriert worden.

Die Comic- und Tortenlandschaft hat sich mit ihren Hochhäusern Landmarken gebaut. Helmut Jahns halber Glaszylinder und Kollhoffs ziegeltapeziertes Gotham-Architekturzitat betonen den Eingang, das debis-Hochhaus streckt nachts einen grünen Leuchtfingernagel in den Himmel. Als wolle das Haus nach Hause telefonieren. In Wirklichkeit ist der lackierte Leuchtfingernagel ein Schlot, aus dem die Abgase des Tiergartentunnels in den Himmel geblasen werden sollen.

Wo die Tortenplatte zwischen den Kuchenstücken leer geblieben ist, heißt der Platz nach Marlene Dietrich. Ein großes angeschnittenes Plunderstück von Renzo Piano beherbergt das Musical-Theater und die Spielbank. Seine Fassade aus genoppten Leichtmetallplatten würde gerne mit Scharouns dahinter liegender Staatsbibliothek korrespondieren. Nur leider hat eine Spielbank der Staatsbibliothek nicht viel zu sagen. Das große Plunderstück hat sein gigantisches Campingvorzelt in Richtung des gegenüberliegenden McDonald's-Restaurants aufgeschlagen. Wenn man gleich eine große gläserne Kuppel, eine gigantische Tortenhaube über alle Gebäude gestülpt hätte, sähe fast alles so aus, wie man sich in den Kinderbüchern der siebziger Jahre zukünftige Städte vorstellte: voller glücklicher, glatthäutiger Menschen, die ohne größere Gefühle auf Rollbändern und -treppen aneinander vorbeifahren.

Nach fast vergessenen Regeln der Festungsarchitektur wurde vor dem Spielbankgebäude ein Wassergraben angelegt, über den führen nun einige Seufzerbrückchen aus Beton und Stahl. Zum Landwehrkanal hin weitet der Wassergraben sich zu einem riesigen Goldfischbecken, weiter hinten in der Wasserfläche ragen die Brandmauern des Canaris-Hauses wie die Felsen einer Böcklinschen Toteninsel auf. Eine Stahlskulptur, die sich der Formsprache einer Panzersperre bedient, riegelt den Platz gegen konventionelle Angriffe aus dem Süden ab. Auf der »Piazza« darf wahlweise von Italien, großen Spielbankgewinnen, wiedergewonnener Urbanität oder Marlene Dietrich geträumt werden. Kommt man oft genug hierher, kann man Gefallen an den warmen Farben finden. Und nur spazierende Apokalyptiker müssen sich fragen, welcher Krieg das alles wieder wegräumen wird. Das Schönste an den Häusern, die man als Kind aus Lego baut, ist, daß man sie immer wieder einreißen kann. Das Schöne an großen Kuchen, daß sie angeschnitten und gegessen werden.

Vielleicht fehlt dem belebten Architekturmodell bisher bloß ein wenig Patina. Und der frischen Fassadenglasur einige Wasserflecken. Noch ist alles beängstigend unversehrt und sauber. Und noch keine handgeformte Terrakottaplatte zerbrochen.

Ausnahmsweise steige ich mit der Tochter im Tiefbahnhof Potsdamer Platz aus der Regionalbahn. Und stehe staunend mit ihr in dieser unbenutzt wirkenden pharaonischen Riesenhalle unter der Erde. Wessen Grabmal soll das eigentlich sein?

Ich erinnere mich an die Taucher, die vom Fenster der Stabi-Cafeteria aus zu sehen waren, vor bald zwanzig Jahren. Und wie sie unter Wasser Fundamente gossen, damals dachte ich, sie bauen einen See. Ich erzähle der Tochter von der Leere, dem Nichts, der freien, abgeräumten Fläche, die hier mal war. Daß hier fast nichts mehr war und wir mit der Schule hierher gekarrt wurden, um die Mauer und die deutsche Teilung zu sehen. Tochter ist bloß mittelbeeindruckt, hört nur halb zu, sie möchte einkaufen gehen.

Oben im Tageslicht gefällt ihr das Sony Center. Das viele Glas dieser Beeindruckungsarchitektur kann also noch beeindrucken, Kinder zumindest. Kinder, die jünger sind als der neue Potsdamer Platz.

In der Alten Potsdamer Straße und um den Marlene-Dietrich-Platz herum muß ich denken: Ja, so sieht sie aus, die Drogeriemarkt-Architektur der neunziger Jahre des letzten Jahrhunderts, hier steht sie. Nicht mehr neu und noch nicht vergammelt. Patina an den Terrakottakacheln? Nein, aber von dem silberblauen Jeff-Koons-Ballon aus Metall wurde die Farbe abgekratzt. Ich versuche, Verfall zu entdecken, und erinnere mich an das Schutzgerüst, das über Jahre unter dem Kollhoff-Haus stand. Fiel da hin und wieder ein Stein aus der Ziegeltapete? Es wird wohl noch dauern, bis der Potsdamer Platz wieder in Ruinen liegt.

Und ja, nun kann ich es auf einmal sehen, fünfzehn, sechzehn Jahre später: Potsdamer Platz, du Shopping-Totgeburt, du bist gar nicht »Neues Berlin«, im Gegenteil, du bist die letzte Ausstülpung von West-Berlin! Hier hat West-Berlin noch einmal davon geträumt, große Stadt zu werden, hat den New-York-Chicago-Traum geträumt, hier haben Weltstadtwille und Metropolensehnsucht sich versucht. Und so wenig ist dabei herausgekommen? Das Nikolaiviertel des Westens? Eine Einkaufspassage, die nirgendwohin führt. Ein Hotel, eine Spielbank und ein Musicaltheater. Irgendwie traurig, höre ich mich sagen.

Der Tochter gefallen die Potsdamer Platz Arkaden. Sie

findet sie größer und attraktiver als die an der Schönhauser Allee und besser als das Gesundbrunnencenter. Stimmt ja. Sie ist im besten Shopping-Mall-Alter, sie gehört zur Zielgruppe – ich und meine Meinung sind weniger relevant. Tochter möchte bald mit ihren Freundinnen wiederkommen. Und shoppen.

Mir fällt ein, daß es im Jahr 2000 ganz oben im Rohbau des Bahn-Towers mal eine halbaufregende Party gab. Und ich erinnere mich an eine andere Party in einer Suite des Ritz Carlton mit Aussicht auf eben die Kreuzung, die Potsdamer Platz heißt – und so wenig von einem Platz hat. Und obwohl Berlin vor dem Fenster lag, fühlte es sich in dieser Ritz-Carlton-Suite inmitten des wildgemustert-plüschigen Kitschbarocks der amerikanischen Einrichtung an, als ob ich mich in Atlanta, Georgia oder St. Louis, Missouri befände.

Müßte ich nicht eigentlich begeistert sein?, frage ich mich nun. Müßte ich mich nicht freuen, daß die große Brache wiederbelebt wurde? Leider kann ich mir die Begeisterung nicht einreden. Ich erinnere mich gern an die Leere, die hier mal war. Und an das Shakespeare-Theater in der Esplanade-Ruine. Es gab dort, bevor der alte Kaisersaal aufwendig verschoben und in das Sony-Center integriert wurde, ein improvisiertes Café. Eine Freundin arbeitete dort.

Jedes Jahr zu den Filmfestspielen wird der Potsdamer Platz bespielt. Und sonst? Mir bleibt das Gefühl, es könnte sich bloß um eine Kulissenstadt, um eine Illusion von Stadt handeln, in der Stadtleben simuliert wird. Ja, vielleicht hat doch Potemkin hier gebaut? Gleich gegenüber, am Leipziger Platz, steht noch immer ein aus Folie errichtetes Fake-Haus, es bietet sehr viel Werbefläche. Unten, auf Fußgängerhöhe, sind sogar Schaufensterauslagen auf den Persenningstoff gedruckt.

Ich vermute, die Tochter wird den Potsdamer Platz und seine Bauten eines Tage so entgeistert betrachten, wie ich lange das Europa Center angesehen habe, mit leichtem Schaudern, staunend, als Monument einer Zukunft von gestern. Ja, der Potsdamer Platz wird eines Tages alt aussehen. Vielleicht schon sehr bald – denn nebenan am Leipziger Platz, auf dem Wertheim-Gelände, wo der legendäre Tresor war und sonst lange nichts, sondern nur freies Feld, erhebt sich nun der Rohbau eines neuen, noch viel größeren Einkaufszentrums mit einer Passage bis zur Mohrenstraße. Der Tochter wird's wahrscheinlich gefallen.

WO DIE KOMPASSNADEL ZITTERT

Am ehemaligen Kontrollpunkt Friedrichstraße stehen Russen und Amerikaner sich auch heute noch gegenüber. Kurz vor der Grenze, die heute nur noch Mitte und Kreuzberg trennt, verkauft ein russischer Straßenhändler Erinnerungsmilitaria. Auf der anderen Straßenseite träumt Berlin davon, New York zu sein. Ein Bürohaus heißt American Center, Cafés nennen sich Deli oder tragen andere deutsch-englische Namen. »Coffee« steht auf einem Fähnchen, und wo vor zehn Jahren noch Niemandsland war, werben Tafeln für »100 % fruit juices«. Die Brache hat sich in ambitioniert umbauten Leerstand verwandelt.

Der Straßenhändler vor dem Bauzaun am Checkpoint Charlie bietet sowjetische Offiziersmützen, Ferngläser aus Armeebeständen und russische Uhren an. Einige der Raketas können sich an den Handgelenken hektischer Menschen automatisch aufziehen. Der Mann mit der Lederjacke sagt: »Man muß sich nur genug bewegen.« Von der Leica auf seinem Tisch behauptet er gar nicht erst, sie sei echt: »Ein russischer Nachbau der Kamera, die Kriegsberichterstatter der Wehrmacht benutzten. Macht aber trotzdem gute Bilder.«

Das Haus gegenüber liegt schon in Kreuzberg. »Im Westen«, wie man früher sagte, »im Süden«, sagt der ebenfalls verkäufliche Wehrmachtskompaß neben dem Fernglas. Heute führt die Friedrichstraße wieder von Norden nach Süden, Himmelsrichtungen, die früher »Osten« und »Westen« hießen. Es kommt auch vor, daß Besucher Kreuzberg für den alten Osten halten. Die Fragen lauten: »Wo stand die Mauer?« und »Wo standen sowjetische und amerikanische Panzer sich gegenüber?«. Die Touristen im Mittelgrund stehen ungläubig vor dem Ort, den sie nicht so wiederfinden, wie er auf den bekannten Fotografien abgebildet war. Fährt die U-Bahn unter ihren Füßen hindurch, vibriert der Boden, und die Kompaßnadel zittert, als hätte sie vorübergehend die Orientierung verloren.

Heute wie damals besuchen Touristen das Mauermuseum und fotografieren den Checkpoint. Es gibt jetzt einen Starbucks, einen McDonald's, ein Café Einstein – und lange schon kein Café Adler mehr.

AN DER DARMSCHLEIMEREI

Am S-Bahnhof Storkower Straße zeigt sich schon vom Bahnsteig aus ein Bauschild, das vom »Neuen Leben im alten Schlachthof« kündet. Neben dem Bahnhof liegt ein weites, leeres Gelände, über das sich eine sehr lange Fußgängerbrücke spannt. Die verrostete Brücke heißt Langer Jammer und führt über das alte Schlachthofgelände hinweg nach Friedrichshain.

Wer über den Langen Jammer geht, schaut auf ehemalige Rinderauktionshallen, auf das Teppichland Berlin und den Berliner Fliesenmarkt, der hier eine große, zeltartige Leichtbauhalle aufgeschlagen hat. Die Spitze des Fernsehturms ragt als ferne Markierung nur gerade eben noch in den Himmel. Von hier muß es sehr weit nach Charlottenburg sein, denkt der Besucher aus Westend, nur die beruflich dazu verpflichteten Öffentlichkeitsarbeiter der Stadtentwicklungsgesellschaft (SES) sprechen vom »Schnittpunkt der Bezirke mitten im Herzen Berlins«.

Auf dem Gelände, das auf alten Stadtplänen »Zentralviehhof« heißt, werden Ziegelbauten von Umbauungen befreit und Mauern mit nachgeformten Ziegeln ausgebessert. Der

164

Wasserturm, der heute allein in der Brache steht, soll eines Tages von Wohnhäusern umgeben sein. Noch schaut er wie ein Bergfried ohne Berg und Burg ins Gelände. Die Fensteröffnungen anderer historistischer Gebäude sind mit Spanplatten oder Zinkblechen verschlossen. Die alten Granitpflastersteine, über die das liebe Vieh seinen letzten Gang ging, wurden einzeln ausgegraben und eingelagert. Sie werden für mehr als 28.000 Quadratmeter Retro-Straßenpflaster reichen.

Der alte Schlachthof, der nach dem Krieg kurzzeitig als Beutekunstlager diente, war berühmt für seine Ausdünstungen. Anwohner sagen, es habe oft bestialisch gestunken. Es roch nach verbranntem Fleisch und Tierhautverarbeitung. Das Vieh, das mit der Eisenbahn kam, wurde durch unterirdische Viehtriebtunnel zur Schlachtung getrieben; Blut, Knochen und Häute wurden auf dem Gelände weiterverarbeitet. »An der Darmschleimerei« könnte demnach eine der neuen Straßen heißen, mit denen das Gebiet zwischen Landsberger Allee und Eldenaer Straße erschlossen wird. Auf fünfzig Hektar sollen hier Büros und zweitausend Wohnungen entstehen. In den Broschüren sind aus den Werkstätten der ehemaligen Lederfabrik schon »Wohnlofts« geworden. In die denkmalgeschützten Hallen an der Landsberger Allee soll ein weiteres »SB Warenhaus« mit »centertypischer Mischung« einziehen. Nur einen Steinwurf weiter steht das Einkaufszentrum Forum Landsberger Allee. Und genau gegenüber wartet und verwittert der gewaltige, von Aldo Rossi geplante Betonrohbau, der einmal Landsberger Arkaden heißen sollte. Wie es scheint, wird er nicht zu Ende gebaut.*

Der Lange Jammer führt eineinhalb Kilometer über große Pläne und eingebrochene Dächer alter Baracken, in denen sich der neue Müll des letzten Jahrzehnts gesammelt hat. Die Benutzer dieser Brücke dürfen sich wie Abenteurer auf einer Seilbrücke über unwirtliches, unwegsames Gelände fühlen. Vor dem Teppichmarkt warten lebensgroße Löwen aus Gips. In dem langen Gang ist jede Glasscheibe zerbrochen und jede nur irgendwie bemalbare Fläche bekritzelt, besprüht und noch einmal überschrieben. Die so entstandene bunt-abstrakte Farbfläche ähnelt auf verblüffende Weise dem Muster der U-Bahn-Sitzbezüge, das deren Bemalung verhindern soll. »Missing you so much, Jesus«, steht an einer Stelle entzifferbar auf dem bunten Hintergrund, außen tragen die Stahlträger die erhabene Prägung »Gute Hoffnungshütte«. Die Hochspannungsmasten, die nicht weit vom Langen Jammer stehen, sollen abgebaut werden, der Strom wird dann unterirdisch zu dem sehr eleganten, von Assmann, Salomon und Scheidt neu gebauten Umspannwerk an der Thaerstraße fließen. In der grauen Steinfassade des Gebäudes gibt es senk-

---

* Die gewaltige Betonburg blieb bis 2009 die größte Investitionsruine Berlins, wechselte mehrfach den Besitzer, wurde zwangsversteigert und schließlich zu einem Hotel umgebaut.

166

recht eingekerbte Fensterschlitze, durch die Passanten auf die riesigen elektrischen Anlagen schauen können. Noch kommen nicht viele Anwohner vorbei, die eine entfernte Ähnlichkeit mit Braukesseln bemerken könnten.

Eine neue Brücke, mit deren Bau gerade begonnen wurde, soll die Thaerstraße über die Gleise der Ringbahn hinweg verlängern. Die Ringbahngleise liegen hier in einem schmalen Bodeneinschnitt. Der Ostring, heißt es, wurde ursprünglich überhaupt nur wegen des Schlachthofs gebaut. Ein abgesägtes Fernheizrohr und verbogene Eisenträger verrosten friedlich, leere Kabeltrommeln liegen verstreut, als hätten Riesen mit Garnrollen gespielt. An der Straßenlaterne vor der elf-Tankstelle auf der anderen Seite der S-Bahn wird mit »Jetzt bei elf« für das Comeback-Album von Modern Talking geworben.

Von den zukünftigen Bauten, die in ein paar Jahren hier stehen sollen, hat der Planer Marc Kocher Bilder gemalt. Seine Aquarelle, Skizzen und Studien in Tusche und Kreide verzaubern das Planungsgebiet, sie könnten die Entwürfe eines Bühnenbildners für eine große romantische Oper sein. Seine Bauten – in Berlin gibt es von ihm bisher ein Wohnhaus in der Dircksenstraße – behalten auf dem Papier einen Hauch von Italien. Da, wo sie auf den perspektivischen Entwurfszeichnungen dichter stehen müssen, erinnern sie an die Eisenbahnerwohnungen nördlich von Roma Termini.

Nachts, im Mondlicht auf dem Langen Jammer, mit Blick auf das Haushofviertel, an der Darmschleimerei vorbei, nahe dem geheimnisvollen Pettenkofer Dreieck, könnte man fast in romantische Euphorie verfallen. Schon in ein paar Jahren werden Menschen auf die Frage: »Wo wohnen Sie denn?«, die Antwort geben: »Am alten Schlachthof, an der Darmschleimerei.« Und vielleicht wird das keine Verwunderung mehr auslösen.

Am Ende des Schlauchgangs, der seine Benutzer so angenehm über den Dingen schweben läßt, führen ein paar Treppenstufen wieder zurück auf festen, Friedrichshainer Boden. Eine City-Toilette mit polierter Kunststeinverkleidung verrät die bewohnten Gefilde. Am Straßenrand steht ein Wohnwagen, eine Frau mit rot gefärbten Haaren spaziert über die Straße und an der Bushaltestelle steht ein Vietnamese und singt. Wie zufällig ragt ihm eine Stange Zigaretten aus dem Anorak.

Vom Langen Jammer steht heute nur noch ein kurzes Stück. Es führt vom S-Bahnhof Storkower Straße über die Ringbahngleise zum Storkower Bogen. Eine Akkordeonspielerin sitzt da an einem sonnigen Vormittag und spielt melancholische Weisen, wahrscheinlich aus Rußland. Manchmal, wenn Fußgänger sehr energisch auftreten, beginnt die Brücke zu schwingen. Sechzig Soldaten im Gleichschritt können eine Brücke zum Einsturz bringen, Resonanzkatastrophe, ja, ich erinnere mich, Physikunterricht, 9. oder 10. Klasse.

Die sanierten Platten-Hochhäuser an der Storkower Straße tragen ein übertrieben buntes Fassadenkleid in Weiß, Grün, Gelb, Dunkelblau und Taubenblau. Soll wohl hochhausfröhlich machen. »Fachpflege für Beatmung und Wachkoma, 150 m, 1. OG« ist auf einer Brüstungsreklame an der Brücke zu lesen. Wie aber käme ich als Wachkoma-Patient dorthin? Für vier Euro gibt es in der »Werksküche« – ein Aufsteller verrät es – »Gemüseplatte u. Spiegelei u. Kartoffeln«. Im Storkower Bogen läßt sich günstig speisen.

Die Akkordeonspielerin macht eine Pause, vertritt sich die Füße, stampft mit den Sohlen auf. Das Restjammerstück, der kurze Rest des Langen Jammers, gibt eine Idee davon, wie lang diese Fußgängerbrücke war. Sehr lang.

Auf der Riesenbrache, über die sie einst führte, ist ein Gewerbegebiet entstanden. Zu sehen sind Sconto Möbel-

Sofort, toom Baumarkt Gartencenter, Kaufland, Shoe4You, Mäc-Geiz, Rossmann, Doc Morris, eine Filiale des Dänischen Bettenlagers und Penny. Alles da, umgeben von großen, teils frisch asphaltierten, teils hübsch gepflasterten Parkplätzen. Die Parkplatzarchitekten haben sich sehr viel Mühe gegeben, sie haben sogar Ahornbäume pflanzen lassen. In ein paar Jahren werden die im Sommer größere Schatten und im Herbst noch mehr Blätter auf die parkenden Autos werfen.

In einer der riesigen alten Viehauktionshallen hat ein Fahrradmarkt eröffnet, er behauptet von sich, er sei der größte Deutschlands – kleiner geht's nicht, alles andere wäre verwunderlich. Es gibt dort eine Indoor-Fahrradteststrecke, Kinder sind begeistert.

Von einer anderen Viehhalle blieb nur das gußeiserne Gerüst, das nun wie ein vielfach überdimensioniertes Rosengitter mit Jugendstilornamenten auf der Wiese steht. Es steht da, als warte es auf Bewuchs und Berankung. Es ist das Skelett einer Vieh-Basilika, hellgrün gestrichen. Schön sieht es aus, wie die in Luft gezeichnete Skizze eines Gebäudes. Eigentlich ist es ja gar nicht da.

Auf einer Bank in der Sonne frage ich mich, ob die Erde wohl noch etwas von den Abermillionen Rindern und Schweinen weiß, die hier für Würste und Braten geschlachtet wurden, bis zum Jahr 1990. Hört sich, ich lege mein Ohr auf die Wiese, nicht so an. Kein Nachhall vom Quieken und Muhen und Brüllen, das hier geherrscht haben muß. Zwischen zwei jungen Birken haben Kinder ein menschengroßes Spinnennetz aus Wollfäden geknüpft, ich laufe daran vorbei.

Die Straße hinter dem Birkenhain heißt Zur Marktflagge, auf ihrem Bürgersteig stehen DDR-Retro-Laternen – die mit der runden Streuscheibe oben. Sie sehen aus wie ein Mensch, der einen flachen Hut trägt. Townhäuschen wurden hier gebaut, eiscremefarben voneinander abgesetzt: Vanille, Mokka, Milchkaffee, Tiramisu. Andere Häuser haben Ziegelaußenwände. Zur Innung heißt die nächste Straße, die Türme des Frankfurter Tors sind in der Ferne auszumachen. Es wird weiter gebaut, Kräne drehen sich, Berlin braucht sicherlich noch mehr Townhäuser.

Auf der anderen Seite der Thaerstraße stehen Wohnblöcke, altes Kopfsteinpflaster liegt auf der Straße, und eine Turnhalle wurde hinter die stehengebliebene Außenwand des »Rinderstall B« gebaut. Der Stall für ehemals zweihundertvierzig Rinder ist nun Turnhalle für fast genauso viele Kinder.

»Wertanlage!« verkünden Fassadenplakate mit Ausrufezeichen, es wären noch Eigentumswohnungen zu verkaufen. Vor einer Wohnanlage sind die Müllcontainer in große Gitterkäfige gesperrt. Bin ich noch in Berlin? Es fühlt sich nicht so an, die Gegend wirkt seltsam unverdichtet. Drehe ich mich, sehe ich in einiger Entfernung die Altbauzeile der Hausburgstraße, Friedrichshain. Ach ja, da ist Berlin.

Der hohe, alte Wasserturm steht noch immer frei im Gelände, frisch verputzt und rot gestrichen. Vor dem Krieg sei er noch einmal achtzehn Meter höher gewesen, ist auf einer Tafel zu lesen. Von dort oben wäre auszumachen, wie die Bebauung ausfranst Richtung Landsberger Allee, es bleibt noch Platz für viele Wertanlagen. Überwucherte Freiflächen und Hallenruinen wechseln sich ab, junge Pappeln wachsen wild, Müll liegt ohne Käfig in der Landschaft, ausgehöhlte Peitschen-Laternen erinnern an den Sozialismus.

Vorne, gleich an der Landsberger Allee, steht eine Viehhalle mit einem grinsenden Terrakotta-Schwein im Giebel. Und auf den Torsäulen des früheren Eingangs stehen links und rechts schmucke steinerne Bären. An der Außenmauer hängt eine Bronzeplatte mit Karten-Relief, »1993–2006 Entwicklungsbereich Alter Schlachthof Berlin« lese ich da. Aha, die Entwicklung, so sieht es aus, ging also vor sieben Jahren zu Ende. Unter dieser Ewigkeitsgeste, die das Halbfertige feiert, liegt eine tote Taube, daneben ein leerer Pizzakarton. Das Terrakotta-Schwein im Giebel grinst auf mich herab. Ich glaube, es lacht mich aus.

SCHÖNHAUSER ALLEE

Wo Schönhausen liegt, weiß der Besitzer des Imbisses, der »Tag Schwein gut Sau billig nacht« heißt, nicht. Sein Geschäft liegt gleich hinter dem kaum wahrnehmbaren Knick, an dem die von Pankow kommende Berliner Straße ihren Namen wechselt und zur Schönhauser Allee wird. Vor seinem Laden ist der Bürgersteig mit grünem Teppichboden gepolstert, auf dem weiße Plastikstühle die Rückeroberung des öffentlichen Raums proben. Hier wird morgens um acht schon getrunken, die Truxa Bierbar gleich nebenan hat im Morgengrauen geschlossen. Passanten tragen Aktenmappen, Dosenbiere, Rucksäcke oder Brötchentüten vorbei. Auf der oberen Schönhauser Allee gibt es in jedem Block Filialen einer anderen Großbäckerei. Überraschungsbazar, Fabrikverkauf, Allerlei toll und preiswert, Conny's Container, Posten und Partien und Knüller Kiste – Jeder Artikel 99 Pfennig liegen dazwischen. »Ganz Berlin ist eine Weltausstellung«, sagt ein Kultursenator, hier liegt ihre Ramschabteilung. Die dünne alte Frau, die sich trotz ihrer Blindenbinde bückt und Müll vom Bürgersteig aufhebt, brüllt: »Berlin ist ein Scheißhaufen geworden«. Sie steht vor dem Haus mit der gigantomanischen Erkerkuppel Ecke Kuglerstraße. Der Architekt des Gebäudes folgte wohl dem persönlichen Wunsch des letzten Kaisers, der sich Eckhäuser immer besonders prächtig wünschte. Im chinesischen Geschenke-Basar kosten zwei Hemden 17 Mark 90, seit es warm ist, trägt die Schaufensterpuppe mit Nackenhaaren eine Sonnenbrille.

Die Linden auf der oberen Schönhauser Allee sind noch klein, sie spenden wenig Schatten. Den Vietnamesen, die an der Ecke Bornholmer und vor Burger King geschmuggelte Zigaretten verkaufen, scheint nie richtig warm zu werden. Sie tragen immer Anoraks. Vielleicht verstecken sie bloß ihre kugelsicheren Westen? Sehr vorsichtige Spaziergänger rechnen in ihrer Nähe immer mit einer Schießerei. Und es kommt vor, daß Zivilpolizisten in den Beeten unter den Bäumen knien und nach versteckten Zigaretten graben.

Es gibt Bänke, denen die Rückenlehnen fehlen, auf Klebezetteln an den Haustüren wird Ofenabriß angeboten, Blume 2000 zaubert einen Garten auf den Bürgersteig, auf dem keine Schweinebäuche, keine Gehwegplatten aus Granit, mehr liegen. Das Pflaster muß in den Jahren nach 1990 erneuert worden sein, neben den kleinformatigen Kunststeinplatten kratzen kleine Kopfsteinpflastersteine durch dünne Sohlen hindurch. Nachmittags treten sich die Menschen auf die Füße.

An der Kreuzung zur Schivelbeiner Straße wechselt die Hochbahnkonstruktion, die sachliche Verlängerung des Hochbahnviadukts – die Sanierung hat begonnen – endet. Auf die in weitem Abstand gerade auseinanderstehenden Pfeiler folgen die älteren, geschwungen und dichter beeinander stehenden Stützen, die Alfred Grenander entworfen hat. Nach dem Schutz, den sie bei Regen unter der Trasse bietet, wird die Bahn auf Stelzen auch »Magistratsschirm« genannt. Der Schirm hat jedoch Löcher, die Rohre lecken. Und vor dem Mist der Tauben schützt er nicht.

Humana – First Class Second Hand gibt es auf der Schönhauser gleich zweimal, die Butter-Lindner-Filiale hat vor nicht allzu langer Zeit geschlossen. Der »Boulevard des Nordens«, wie die Schönhauser Allee früher hieß, hat viel verloren. Zwei Hutsalons und fünf Buchhandlungen sind geblieben, die Schönhauser Allee Arcaden hinzugekommen. Und die fünf oder sechs Läden, die Mobiltelefone verkaufen. Seit der Eröffnung der Mall stehen nicht nur in den Seitenstraßen Läden leer. An der Ampel Ecke Dänenstraße trinkt eine junge Frau Buttermilch, sie ißt Cherry-Tomaten dazu und läßt sich vom nah der Fahrbahn aufgewirbelten Staub nicht irritieren. Der Markt, der zuvor auf dem früher unbebauten Grundstück neben dem Eingang zum abgerissenen S-Bahnhof Schönhauser Allee abgehalten wurde, ist unter den verrosteten Hochbahnviadukt gezogen. Um an den Markt unter der Pariser Hochbahn am Boulevard de Rochechouart zu erinnern, fehlt ihm noch viel.

Hoch- und Straßenbahn fahren, vorbei am neu erleuchteten Kino Colosseum, bis zur Kreuzung Kastanienallee nebeneinander. Auf diesem älteren Hochbahnabschnitt nimmt die Bahn ihre Beine auseinander, die Stützen des grün gestrichenen Viadukts stehen leicht gespreizt. Und die Nieten sitzen wie erhabene, regelmäßig angeordnete und überstrichene Leberflecke auf dem Stahl. Aus der Bahn zeigen sich Autos, Paare, Passanten, Fahrräder, dreirädrige Kinderwagen oder ein Mann, der in einem Rollstuhl geschoben wird und dabei raucht. Der Blick kann auf ein stehengebliebenes zweistöckiges Haus fallen oder auf Häuser, denen die Aufstockung anzusehen ist. »Gastronomiegeeignet« heißt es an den Schaufensterscheiben leerstehender Ladenräume, von der Hochbahn sind Balkone, Erker, Küchen und Wohnzimmer einsehbar, blickdichte Gardinen hängen längst nicht überall. Liebesgeschichten könnten hier unter Beobachtung anfangen.

Der Hochbahnhof Eberswalder Straße, früher Dimitroffstraße – der letzte Bahnhof, bevor die Bahn wieder in den Boden taucht –, klemmt grün zwischen den Fassaden. Die Station schwebt wie ein riesiger grüner Käfer über der Straße, die Straßenbahnen kriechen wie kleine gelbe Raupen unter ihm hindurch, und Autos warten wie bunte Blattläuse an der Ampel. Ihre Abgase wehen über die Currywurstesser, die vor Konnopke's Imbiß stehen.

Wo die U-Bahn gerade unter der Erde verschwunden ist, wacht die Schultheißbrauerei wie eine feste Burg vor der Innenstadt. Frisch renoviert und überall typographisch historisch korrekt beschriftet, wirkt sie wie für einen Disney-Film wiederauferstanden. Passend dazu hat das Haus Schönhauser Allee Nummer 150 zwei Schmucktürmchen wiederbekommen. Die glänzenden Hauben spielen Morgenland.

Die Fahrgeräusche der Autos werden auf dem Kopfsteinpflaster immer lauter. Auf den jüdischen Friedhof folgt die Polizeiwache, dahinter liegt die Freifläche, die den Senefelderplatz größer als erträglich macht. Im Krieg soll hier ein Bomber abgestürzt sein, von dem Block, auf den er fiel, blieb nicht viel übrig. Die Schönhauser Allee verliert sich fast in der plötzlich aufgebrochenen Weite, die zur Kollwitzstraße hin jedoch bald mit Blockrandbebauung geschlossen werden soll.

Hier unten, kurz vor der Mündung, liegen der Pfefferberg und sein Garten und das Restaurant Treviso, das etwas zurück wie auf einer Warft geschützt vor dem Hochwasser des Straßenverkehrs liegt. Zwei Parzellen südlich, in einer weiteren Lücke, ein Gebrauchtwagenhändler, und an der Ecke zur Torstraße, wo einst ein Schönhauser Tor gestanden haben soll, ein Laden für gebrauchte Kühlschränke in einem der neuen Bürohäuser. In den Prospekten des Investors sah das wahrscheinlich anders aus. Schönhausen muß in entgegengesetzter Richtung, am anderen Ende der Schönhauser Allee, jenseits der Truxa Bierbar liegen. Tatsächlich ist von Schönhausen nur der Straßenname geblieben. Für König Friedrich I. hieß das Schloß, das heute Niederschönhausen heißt, noch einfach Schönhausen. Der Name klingt verdächtig. Könnte es nicht sein, daß Schönhausen von der genialen Donald-Duck-Übersetzerin Dr. Erika Fuchs erfunden wurde? Und irgendwo gleich neben Entenhausen liegt?

Die Lindenbäume sind groß geworden, ihre Blätter bilden nun ein Dach über dem Bürgersteig. Kein Wochenmarkt mehr unter der Hochbahn, schon lange nicht mehr, es gibt nun ein, zwei, drei Bio-Supermärkte auf der Schönhauser. Burger King an der Ecke Paul-Robeson-Straße hat geschlos-

sen, ein Sonnenstudio bräunt dort Körper. Keine Vietnamesen mehr zu sehen, die auf dem Bürgersteig geschmuggelte
Zigaretten verkaufen.

Die Bäckerei Krautzig feierte jüngst ihren achtzigsten Geburtstag – dort wird vielleicht das beste Brot von Prenzlauer
Berg gebacken. Die China-Perle wurde ein Vietnamese –
wie viele vietnamesische Restaurants gibt es nun an dieser
Straße? Und wie viele Frisöre? Acht? Neun? Es gibt sogar
einen Friseurbedarfsladen, unten, Ecke Fehrbelliner Straße.

Die Hochbahn wurde fertigsaniert, Alfred Grenanders
Viadukt steht heute ganz in Grün und frisch gestrichen da,
hat nur etliche Jahre gedauert. Der Flachbau Ecke Schivelbeiner wurde abgerissen, zuletzt befand sich ein Humana –
Second-Hand darin, nun entsteht ein Geschäftshaus, wieder
ein Kriegslücken-Flachbau weniger. Am Ringbahngraben
mußte der Blick sich an das riesige, unförmige Drei-Block-
Ärztehaus gewöhnen. Bevor diese Abschreibungsarchitektur
dort hingeklotzt wurde, waren auf der nun verschwundenen
Brandmauer nach Einbruch der Dunkelheit Dia-Projek-
tionen zu sehen. Die Bronzetafeln auf der Brücke über die
S-Bahngleise, oft beschmiert und überklebt, erinnern noch
immer an die Befreiung durch die tapfere Rote Armee.

Der Fahrradverkehr hat zugenommen, in den Sommer-
monaten ist die Schönhauser eine Fahrradautobahn. Die
Straßenbahn hält wie eh und je, oft lebensgefährlich, mitten

auf der Straße. Und ich gehe dich, Schönhauser Allee, noch immer gern hinauf und hinunter, fast jeden Tag. Und freue mich über die älteren Lindenbäume auf dem Mittelsteifen, im Hochbahnschatten. Wirkt so unwahrscheinlich, wie sie da gewachsen sind.

Frozen-Yogurt- und Bubble-Tea-Läden haben eröffnet und wieder geschlossen. Aus einem Bubble-Tea-Shop ist eine Salatbar geworden, ein anderer wurde zur Burger-Manufaktur. Das Geschäft für polnische Spezialitäten hält sich, es gibt noch zwei Videotheken. Die dritte, die mit der besten Auswahl, Ecke Stargarder mußte schließen – der Laden steht gerade leer, früher war dort ein Drogeriemarkt. Leer stehen auch die Räume schräg gegenüber, in denen Schlecker deprimierte. Und die, in denen das Café Nährreich mit gutem Kaffee aufmunterte. Und die, in denen sich ein Geschäft voller Geschenkideen für Männer befand.

Der 1-Euro-Shop läuft anscheinend gut. Gleich daneben werden in einem Geschäft namens Moskito Bratwürste gegrillt und preiswerte Unterhosen verkauft, während der Saison auch Spargel. Eine Angebotskombination, die jeden Tag neu fasziniert. »Im Kino Colosseum war während des Endkampfs um Berlin ein Lazarett«, höre ich einen älteren Mann auf der Straße sagen. Um den Kinoeingang herum zeichnen die vielen, auf den Gehwegplatten festklebenden Kaugummis ein Fleckenmuster. Sieht so aus, als schlafe da ein sehr großes Raubtier, auf dessen Rücken wir Fußgänger spazierengehen.

Zwei Punks sitzen neben ihren Hunden vor Kaiser's auf dem Bürgersteig und wünschen einen schönen Tag. Aus der Schreibwarenhandlung Papiertiger zieht, die Tür steht offen, Schreibwarenladenduft auf den Gehweg. Wohlthat, die Restebuchhandlung (dort lag auch »In Berlin« schon in der Ramschkiste), heißt nun Joker's, die Buchhandlung Anakoluth hat die feineren Bücher, beste Auswahl. Es gibt einen Gummibärchenladen, der aus Weingummi geformte Pizza und Torten verkauft, und es ist, wen wundert's, gar nicht so leicht, mit einem Kind an der Hand an diesem Laden vorbeizugehen. Das Geschäft mit dem Wort »Weltmusikinstrumente« über dem Eingang überfordert mich regelmäßig mit seinem Namen. Peter Werks Elektroladen ist verschwunden, später war dort ein Modegeschäft, nun befindet sich dort der Lauf- und Turnschuhladen Runner's Shop, der zuvor ein kleineres Lokal zwei Häuser weiter angemietet hatte. Viele Paar Schuhe haben wir dort schon gekauft.

Rossmann hat sich gegenüber neue Geschäftsräume gebaut, da, wo vorher Carglass war. Und an der Ecke Pappelallee, wo Rossmann war, hat nun das Kochhaus eröffnet – der Laden, der Rezeptideen zum Selberkochen samt der nötigen Zutaten verkauft. Noch ein paar Meter weiter werden Fleisch und Wurstwaren wie Kunstobjekte inszeniert. Bei

Fleischer Mischke hingegen liegt der Aufschnitt ganz konventionell in der Theke.

Es gibt weniger Mobilfunkgeschäfte, Backshops haben ihre Namen gewechselt, und auf dem tortenstückförmigen Grundstück Ecke Cantianstraße steht noch immer kein Haus. Da könnte ein Investor doch das Flatiron des Prenzlauer Bergs errichten, dachte ich die letzten Jahre – bis dort im Frühjahr plötzlich das Bauankündigungsschild für die Wohnanlage Cantian-Eck stand. Mit Dachterrasse. Vor Jahren war mal eine Sommerbar auf dieser Wiese. So richtig lauschig war es jedoch nicht am Boulevard des Nordens. Es fahren halt immer sehr viele Autos die Schönhauser Allee hinauf und hinunter. Und die U-Bahn. Und die Straßenbahn.

Schöne Häuser stehen an der Schönhauser. In der freien Natur, als Felsenschlucht, wäre sie ein Wunder. So ist sie es auch, die schöne Schönhauser.

Südlich der Danziger, da wo der Club und Veranstaltungsort NBI seine Räume in der Kulturbrauerei hatte (legendäre »Supatopcheckerbunny«-Abende fanden dort statt), befindet sich nun ein Gravis-Apple-Store. Das alte, erste NBI an der Schönhauser ist eine Lesbenbar geworden. Das Gemeinschaftshaus Zentrale Randlage (die Band Britta hatte dort einen ihrer Proberäume) gibt es nicht mehr, die Lücke daneben wurde mit einem Apartmenthaus geschlossen. Und die riesige, vom abgestürzten Bomber rasierte Freifläche am

Senefelderplatz ist zugebaut worden. Leider mit dem billigsten Entwurf, der zu haben war. In den beiden unteren Geschossen dieser Lochschachtel befindet sich nun ein großer Biomarkt, innen gibt es, ausgerechnet in einem Biomarkt, eine Fahrtreppe für Einkaufswagen. Förderbänder wie in der Pariser Metro. Zum Ausgleich steht eine lebensgroße Kuh vor dem Eingang, die Kuh ist aus Plastik. Und auch wo diese Kuh steht, gab es einmal eine Wiesenbar, sie hieß Sonnendeck, die Getränke wurden aus einem Bauwagen heraus verkauft. Schön war's dort.

Heute, ich gebe es zu, freue ich mich über die zwei, drei Spielotheken, die es an der Schönhauser noch gibt, ich freue mich über die Wettbüros und die Sex-Shops.

Es liegt kein Kopfsteinpflaster mehr, die Schönhauser wurde südlich des Senefelderplatzes mit Mittelstreifen neu gebaut. Auf dem glatten Asphalt rollen die Autos nun sehr viel leiser. Links liegt das Due Forni (früher Treviso), oft haben wir dort gegessen, oft dort im Garten gesessen. Die 8MM-Bar ist noch da, das alte Bassy, im Hof brannte meist ein offenes Feuer, nicht mehr, Schönhauser, du schreibst einen Text, der nie fertig wird …

SCHUTZGEBIET NIKOLAIVIERTEL

Wer vom Alexanderplatz kommend an den Rathauspassagen vorbeigeht, ihre Dachreklame »Puschkin – für den Bär im Manne« nicht beachtet, die Waschbetonmöblierung und auch die Ramschgeschäfte, die »Preisgiganten« und »Billigmacher« heißen, linker Hand liegen läßt, der sieht hinter dem Roten Rathaus, am anderen Ufer der Spandauer Straße, zierliche Plattenbauten mit kannelierten Betonpilastern und kleinen Giebeln, ihre Fassadenelemente sehen aus, als sei der Beton in Verschalungen aus Wellblech gehärtet. Diese Häuser, die verheißungsvolle goldene Kugeln tragen, sind die ersten Häuser des Nikolaiviertels. Vor ihnen stehen alte grüne Gaslaternen im rot getönten Verbundpflaster, die nicht mit Gas, sondern mit Glühbirnen betrieben werden. Die Verkäuferin in der Boutique Jacqueline – ab Größe 42 hat einen »Berlin-Schirm«, der »in limitierter Auflage« und »exklusiv im Nikolaiviertel« angeboten wird, im Schaufenster aufgespannt. Von den Balkonen der hier gelb gestrichenen Plattenbauten leuchten buschige Geranien.

Vor dem ersten Andenkenladen fällt ein schwarzes T-Shirt mit der Abbildung einer Kalaschnikow AK 47 und dem Schriftzug »Greatest Hits« ins Auge, daneben hängen zwei Gasmasken und sowjetische Uniformjacken auf dem Kleiderständer. Es gibt auch kleine DDR-Fahnen zu kaufen. Zum Nußbaum heißt die Kneipe neben der Nikolaikirche. In diesem Giebelhaus, das ursprünglich auf der Fischerinsel stand und hier nur neu wiederaufgebaut worden ist, soll Heinrich Zille gebechert haben. Auf der Karte, die im kleinen Gastgarten des geklonten Hauses hinter dem noch jungen Nußbaum an der Wand hängt, stehen Kohlrouladen mit Kartoffeln für 12 Mark 50, es gibt auch Eisbein mit Erbspüree und Sauerkraut. Und Königsberger Klopse.

Hinter der wiederauferstandenen Kneipe wechselt die Tönung der Plattenbaufassaden in ein badezimmerfarbenes Türkis, im Birkenparadies gibt es sibirische Holzschnitzereien zu kaufen, und neben der alten Feldsteinmauer der Nikolaikirche laufen die Füße über altes Kopfsteinpflaster. Vor der Altbauzeile scheint es wie von vielen Schritten geglättet. Die Theodor-Fontane-Apotheke hat ihre Schaufenster mit verschiedenen Venenmitteln dekoriert, die bei »Schmerzen, Schwellungen und müden Beinen« helfen sollen.

Die Touristen, die durch »Little German Town« schlendern, sehen verwitterte und unleserlich gewordene Grabplatten im Feldsteinmauerwerk der Nikolaikirche. Vielleicht wundern sie sich, daß die Kirche, das älteste Bauwerk Berlins, gar keine Kirche mehr, sondern Ausstellungsraum ist und nur gegen fünfzehn Mark Eintritt besichtigt werden kann. Daß das Haus der Apotheke, die einmal Zum gekrönten schwarzen Adler hieß, vor dem Krieg anderswo, nämlich an der Ecke Rathausstraße stand, muß keiner der Touristen bemerken. Vielleicht erfährt sie oder er aus dem Reiseführer, daß das Knoblauchhaus, gewissermaßen das Weinhaus Huth des Nikolaiviertels, den Krieg unversehrt überstanden hat und unverrückt an seinem ursprünglichen Standort steht. Für das berühmte barocke Ephraimpalais am Ende der Straße gilt das nicht. Das Bauwerk wurde schon 1935, weil es der Verbreiterung der Mühlendammschleuse im Weg war, in Einzelteile zerlegt. Und überlebte wahrscheinlich nur deshalb den Krieg. Der Wiederaufbau mit Originalsteinen begann erst 1985, vielleicht wurde da schon für den Schloßaufbau geprobt. Als Kopie entpuppt sich auch die Gerichtslaube, ein Gebäude mit Gaststätte. das dem Ort mittelalterlicher Rechtsprechung, nachempfunden ist. Heute gibt es dort Großes Pökeleisbein, Zwiebelsuppe Rheinsberg und Eisbeinsülze, hausgemacht.

Der Thüringer Weihnachtsmarkt, der unter einer Plattenbauarkade liegt, hat, so verkündet es ein Schild, »das ganze Jahr geöffnet«. Die Bögen der Plattenbauarkaden sind hier mit Plexiglas verhängt, als müsse das betongegossene Kreuzgewölbe in Frischhaltefolie verpackt sein. Das Nikolaiviertel erinnert an die viel zu sehr herausgeputzte Fußgängerzone

einer westdeutschen Kleinstadt. Oder an ein Staatsopernbüh-
nenbild für eine große Chorszene, lange vor der Wende. Bloß
stehen hier Reisegruppen, kein Chor in der Kulisse. Vor den
Schaufenstern des Geschäfts für Plauener Spitzen zerstreuen
sich die Gruppen, die ein oder andere ältere Reisende strei-
chelt den Riesenteddybären über die Ohren, die kinds- bis
beinahe lebensgroß am Straßenrand stehen. Im leichten Som-
merregen saugen die Stofftiere sich langsam voll.

Auf ihren T-Shirts verraten die Passanten, wo sie schon
überall gewesen sind, sie tragen »Planet Hollywood Paris«
und »Art in Italy« auf der Brust. Das Nikolaiviertel ist Treffpunkt für Überseetouristen aus Japan und Indien; US-Ame-
rikaner mit riesigen Brillen bewegen sich hier wie zum Leben erwachte Skulpturen Duane Hansons. Der kleine
Gassenpark, in dem der Einheimische fremdelt, scheint ihnen zu gefallen. Daß sie in ein Touristengetto geraten sind
und daß es diese Altstadt vor zwanzig Jahren noch gar nicht
gab, scheint sie nicht zu stören. Sie erfreuen sich an der Idee,
daß Berlin so gewesen sein könnte. Fasziniert werden braun-
stichige Ansichtskarten mit Vorkriegsmotiven gemustert
und Poster studiert, auf denen die Dienstränge der Armee
Friedrichs des Großen in ihren Uniformen abgebildet sind.
Und vor einem Geschäft gegenüber der Kirche werden
kleine Emaille-Schilder mit der in gotischen, gebrochenen
Lettern gesetzten Aufschrift »Swingtanzen verboten! – Die

Reichskulturkammer« oder »Vorsicht bei Gesprächen – Feind hört mit« betrachtet. Auf einem anderen Schildchen heißt es in den Farben der Reichskriegsflagge »Deutsches Schutzgebiet«. Es gibt in diesem Geschäft auch Videokassetten mit Titeln wie »Der Todeskampf der Reichshauptstadt« oder »Metropole Berlin« und die Nachdrucke alter Pharus-Stadtpläne. Stadtpläne, auf denen es, je nach Belieben, für immer 1910 oder 1936 bleibt. Zwei Besucherinnen dieses Ladens unterhalten sich mit stark pfälzischem Akzent, die eine Frau fragt schließlich nach kleinen Blechschildern, die sie auf ihre Klotüren kleben möchte. Die andere findet ein Foto, auf dem die Ruine der Nikolaikirche noch nackt und ohne Dach, nur von einigen Ruinenbäumchen umkränzt, auf der Brache steht, die sich damals bis zur Marienkirche erstreckte.

Im Nikolaiviertel ist Berlin die Inszenierung einer Erinnerung, eine Alt-Berlin-Beschwörung, eine Simulation, die auch anderswo, in Japan oder in Las Vegas, stehen und stattfinden könnte. Eigentlich müßte den Besuchern auffallen, daß viel zu viele Stühle am Straßenrand und am Spreeufer stehen. Und daß die Stühle für sie selbst, das Publikum, dort aufgestellt worden sind. Kleine Messingplaketten kündigen die letzte Bestellung für 21 Uhr 30 an. Das Nikolaiviertel wird dann nicht wirklich geschlossen, die Bewohner der badezimmerfarbenen Plattenbauten wollen bloß in Ruhe schlafen.

Viel scheint sich nicht verändert zu haben. Noch immer gibt es die braunen, eckigen Vitrinen im Plattenbau-Kreuzgang, Erzgebirgswaren werden angeboten, die Altberliner Weißbierstube hat geöffnet – sieht allerdings sehr nach Neuberlin aus, diese Weißbierstube im Altneubau. Heute im Angebot: Berliner Eisbein auf Weinkraut mit Erbspüree und Petersilienkartoffeln zu 11 Euro 80.

»Stil ist keine Frage der Mode«, lautet das Motto über dem Eingang einer Boutique namens Pramo – tja, vielleicht aber doch? Gerade läuft der Räumungsverkauf, vierzig Prozent Rabatt auf alles. Neben dem Reinhard's (mit Apostroph) und dem Otello liegt die Gerichtslaube – Alt Berliner Restaurant. Hier heißt es »Alt Berliner«, auseinander geschrieben. Dieses ominöse »Altberlin« scheint so vergangen zu sein, nicht einmal seine Schreibweise ist geklärt. Die Speisekarte der Gerichtslaube prunkt mit Englisch, Französisch, Spanisch, Italienisch, Russisch, Japanisch und Griechisch. Das Nikolaiviertel ist heute very international.

Der Salon Plauener Spitze ist noch da, daneben warten Der HerrenLaden (mit Binnenmajuskel), Ledermode und Fröhlich Wohnen – der Raumausstatter im Nikolaiviertel auf Kundschaft. Fröhlich Wohnen lockt mit viel Plüsch, Stoffdahlien, motivbestickten Brokatkissen, Leopardenmuster-Lampenschirmen und Vorhängen mit Violinen- und Noten-Motiven. Wie wohltuend unhip und unsexy Berlin sein kann. Das Nikolaiviertel ist eher unabsichtlich zum ästhetischen Erholungsgebiet geworden.

Das Nikolaiviertel ist auch ein DDR-Museum. Ja, ein bißchen lebt sie hier sogar weiter, die DDR. Auf der Bronzetafel am Haus Zum Nußbaum ist vom »faschistischen Weltkrieg« zu lesen. Erich Honecker ist noch da: Auf einer Bronzetafel vor dem Ephraim Palais, die an dessen Abriß in den dreißiger Jahren und seinen Wiederaufbau fünfzig Jahre später erinnert, wird verkündet, daß dieses bedeutende Gebäude »im Beisein des Genossen Erich Honecker« wiedereröffnet wurde. Die Schilder des »Historischen Pfads« sprechen von »Westberlin« und die Wohnungsbaugesellschaft Mitte, die diesen Pfad eingerichtet hat, bezeichnet ihr Nikolaiviertel als »einen atmosphärischen und fußgängerfreundlichen Stadtraum, der seinen Charme auch und gerade aus den eigens entworfenen Arkaden- und Sonderelementen nährt«. Tatsächlich schauen die sprossenlosen Fenster eher traurig aus den kannelierten Betonfassaden der Plattenbauten. Und das Nikolaiviertel fühlt sich trotz der eingefügten Neu-Altbauten künstlich an, kalt und an einem Tag, an dem keine Touristen es durchströmen, seltsam leer.

Die Kritik, die meint, es handele sich hier um eine Art Altstadt-Disneyland ist ungerecht, denn Disneyland ist besser, vieles in Disneyland wirkt sehr viel echter als das Nikolaiviertel, Disney verstand eben schon immer mehr von Illusion als die DDR. Hier und heute kosten kleine Berliner Bären 7 Euro 95, größere, alle aus Stoff, sind teurer.

Die alten Häuser um die Nikolaikirche herum wären beinahe schon zur 700-Jahr-Feier Berlins im Jahre 1938 abgerissen worden. Ein »Altstadtforum« sollte damals errichtet werden, unter Verwendung der Fassaden historischer Bürgerhäuser, die andernorts für die Welthauptstadt Germania abgetragen werden sollten. Den Abriß der Wohnbebauung um die Kirche besorgten dann die Bomben der »anglo-amerikanischen Barbarei«, wie es auf der Bronzetafel an der Kirchmauer heißt.

Fünfzig Jahre später, zur 750-Jahr-Feier Berlins wurde die Altstadtforum-Idee verwirklicht: Die Altstadt wurde, zum großen Teil in Platte, wieder aufgebaut – nachdem der Plan von 1959, die Spree genau an dieser Stelle zu einem Hafenbecken für Ausflugsdampfer zu erweitern, nicht umgesetzt worden war. Seltsam, die Geschichte dieser Stadt.

Die Nikolaikirche wurde bereits 1938 profanisiert und fortan als »Musikdom« bezeichnet, im Krieg brannte sie aus. Heute ist in ihr eine Außenstelle des Märkischen Museums untergebracht und erinnert daran, wie Kirchen einmal ausgesehen haben, auch in Berlin. Und das überrascht dann doch: Berlin, du große Tochter des 19. Jahrhunderts, warst du wirklich einmal eine Barockstadt? Freigelegte Fundamente, eine rekonstruierte Kanzel, ein paar beschädigte Epitaphe sprechen davon – eigentlich aber, so das Gefühl, kommt Berlin ganz gut ohne diese Vergangenheit aus. Berlin braucht keine künstliche Altstadt, Berlin braucht kein neues Alt-Berlin. Alt-Berlin ist sehr weit weg, Alt-Berlin ist abgebrannt.

SCHÖNE NEUE LEGOWELT

In der alten Fabrik an der Osloer Straße stehen Eltern staunend vor ihrer Kindheit. »Legowelt« heißt die Ausstellung des Kindermuseums, in der von der ersten bunten Bausteinpackung aus den fünfziger Jahren noch der Enkel des dänischen Firmengründers lächelt. Daneben liegt eine der Wiederaufbaupackungen der Jahre 1957–59, darin ein schwarzer und ein roter VW-Käfer und die dazu passende VW-Werkstatt. Kinder konnten damals mit dem neuen Deutschland spielen, das um sie herum aufgebaut wurde. Ein paar Jahre später hatte ein Legobungalow schon ein selbstöffnendes Garagentor: Es hebt sich, sobald die Bodenplatte durch das Gewicht eines Modellautos heruntergedrückt wird. So manches mittlerweile in die Jahre gekommene westdeutsche Neubaugebiet läßt sich mit Lego noch heute original- und maßstabsgetreu nachbauen. In der Vitrine stehen Legogebäude, die der Schlichtheit ihrer Vorbilder in nichts nachstehen: funktionalistische Nachkriegsbauten, Sparkassen, Postämter mit Flachdach und Hochhäuser, wie sie am Ernst-Reuter-Platz stehen. Für Altbauten ist in Legoland kein Platz, Lego kennt nur die glatte, abwaschbare Fassade.

Mama und Papa sehen in dieser Ausstellung auch die erste Legoeisenbahn mit den blauen Schienen wieder, erstmals 1966 auf dem Markt. Die Lokomotive wurde von einem 4,5-Volt-Motor angetrieben, die Batterie fuhr auf dem Kohletender mit. Nach der Häkchenkupplung wechselte Lego zur viel faszinierenderen Magnetkupplung. Mama und Papa lernten, daß gleichfarbige Magneten sich abstoßen.

Eine Vitrine weiter stehen die Modelle vietnamkriegserprobter Hubschrauber aus dem Jahre 1970, damals noch ohne Sonderteile gebaut. Aus der gleichen Epoche stammt der Lastkahn, dessen Ladeluken die Legokonstrukteure aus Fensterläden improvisierten. Erst mit der Einführung der »Systembaukästen« kamen besondere Schiffs- und andere Spezialbauteile auf. Und seit Ende der achtziger Jahre gibt es Spezialschachteln zu den – die Vitrinenbeschriftung formuliert hier sehr vorsichtig – »statistisch erhobenen Mädchenthemen ›tropisches Stranderlebnis, Pferde, Traumhäuser‹«. Auch in der Osloer Straße spielen hauptsächlich Mädchen mit der Barbiepuppen-Kopie namens »Lego-Scala«, deren mondäne Puppenhauswelt nichts mit dem biederen Legoland gemeinsam hat. Scala-Puppen lassen sich kämmen und »können«, wie ein Mädchen sagt, »sogar in den Spiegel schauen«.

Frühes Lego kam mit Häusern und Autos aus, Figuren kamen später. Die Evolution der Legofigur verläuft von den

Minifiguren, die erst 1978 – wahrscheinlich als Antwort auf die vier Jahre älteren Playmobilmännchen – erfunden wurden, über die größeren Duplofiguren für die Kleinsten hin zu den Fabulandtieren. Dann verästeln sich die Abstammungslinien: Lego-Basic-Figuren mit plastisch ausgeformten Gesichtern treten auf, stehen aber in Konkurrenz zu den Lego-Technik-Figuren. So klar und einfach Legosteine aufeinander passen, so unübersichtlich sind die Verwandtschaftsverhältnisse der Figuren. In dieser Familie paßt nicht immer alles zusammen.

Mütter schauen auf ihre vertieft spielenden Kinder, jeder zweite Vater hält einen Fotoapparat in der Hand. Und das eine oder andere Kind wird in dem großen Legobecken, vor dem die Kinder ihre Schuhe ausziehen müssen, gefilmt. Das Wühlen in den Bausteinen verursacht das charakteristische Legogeräusch, das im Schlagwerk mancher neuen Musik nicht fehlt. Es hört sich an, als würden unzählige Nachwuchsgespenster mit Kunststoffketten rasseln.

Aus Lego lassen sich auch große Skulpturen bauen: lebensgroße Piraten, ein schaukelndes Schiff auf blauen Legowellen und zwei Elefanten. Einmal ist der Schwanz des Elefanten aus einem Stück Kordel, einmal aus beweglichen Legoteilen an seinen Rumpf gefügt. Leider fehlt in der Ausstellung die von dem polnischen Künstler Zbigniew Libera 1996 ohne Lizenz und in sehr kleiner Auflage produzierte Lego-System-

Packung »Konzentrationslager«. Libera nahm den Spruch, »aus Lego lasse sich alles bauen«, wörtlich und erregte einiges Aufsehen, denn mit seinem Bausatz ließen sich graue Baracken, Wachtürme und ein Krematorium bauen; Prügel- und Folterszenen konnten mit Lego-Minifiguren nachgestellt werden. Eine Packung wurde vom Jewish Museum New York angekauft.

Die Firma Lego wirbt damit, daß derselbe Stein in einem Auto, in einem Schloß, im Pfeiler einer Bohrinsel und auf einem Ufo-Landeplatz wiederauftauchen könnte. Meist aber versinkt gerade dieser Stein wie alle anderen in der großen Legotonne. Lego bietet eine frühe Einführung in den Lehrsatz der Entropie: Unordnung ist einfach viel wahrscheinlicher als Ordnung. Früher oder später endet jede Konstruktion in Einzelteilen, mitunter läßt sich auch die pure Lust an der Zerstörung an den geschaffenen Gebilden aus. Vielleicht verleitet Lego damit manches Kind zu der oft unzutreffenden Annahme, alles Zerstörte ließe sich immer wieder zusammensetzen.

Der Kult um den Baustein scheint bei den Produzenten im jütländischen Billund mittlerweile eine milde Form des Wahns erreicht zu haben: Es heißt, man habe alte Gußformen für Legosteine unter den Zement für Fundamente neuer Fabrikgebäude gemischt. Nur um sicher zu sein, daß niemand anders sie je wieder benutzt.

In der Ausstellung an der Osloer Straße sitzen Väter, die Cordhosen tragen, auf der Besucherterrasse der Fabrik und blättern durch ihre Zeitung, Söhne und Töchter transportieren Legobausteine zur eigenen Baustelle. Eine Mutter öffnet mitgebrachte Tupperdosen, die Kleinsten werden gefüttert. Um fünfzehn Uhr wird die Ausstellung wegen Überfüllung vorübergehend geschlossen, die Schlange der Wartenden vor der Tür ist fünfzig Meter lang.

DAS HOTEL, DIE SCHOKOLADENFABRIK
UND DER SCHROTTPLATZ

Im südlichen Neukölln ragt zwischen Sonnenallee, Gleisanlagen und Schiffahrtskanal der riesige Bau des Hotel Estrel wie eine gekenterte und hier zufällig gestrandete Kanalfähre in den Himmel. Das Hotel Estrel ist das größte Hotel Deutschlands und der Speckwürfel dieser Übergangslandschaft, die sonst kein Besucher betreten würde. Das Hotel liegt stadtgeographisch isoliert und ist verkehrstechnisch dennoch perfekt angebunden. Der Gast, der vom Flughafen oder von der Stadtautobahn hierher findet, muß mit der Umgebung nicht in Berührung kommen. Er kann sich durch das ebenerdige Parkgeschoß oder über den hoteleigenen Bahnsteig einschleusen lassen. Neukölln und jede andere Außenwelt sind bald vergessen. Das Raumschiff Estrel hat sein eigenes Klima; schlechtes Wetter und soziale Wirklichkeit der Neuköllner Sonnenallee bleiben ausgesperrt. Die Restaurants in der glasüberdachten Hotelhalle heißen Portofino, Sanssouci und Sun Thai und beschwören schon im Namen jene Art von bekannter Fremde, die es sonst nur in Prospekten aus den Reisebüros gibt.

Hier und da stehen in der großen Halle Antiquitäten wie Zitate aus besseren Zeiten: In einer geschnitzten Vitrine liegt russisches Porzellan, an einer Wand steht eine Standuhr in Eiche, über einem Biedermeiersofa hängt eine Wandleuchte in falschem Art déco. Die Wasserspiele des Springbrunnens dämpfen die Gespräche, viele von ihnen werden in lustigen Dialekten geführt. Palmen wachsen in Riesenblumentöpfchen und tragen das ganze Jahr elektrische Lichterketten. Hier darf immer Weihnachten sein.

Die Eisbecher auf der Karte der Pâtisserie – auf der Karte wird die Pâtisserie ohne Accent circonflexe geschrieben – heißen »Hausbecher« oder »Pfirsich Spezial« und werden mit gemischtem Dosenobst garniert. Der englische Prospekt bescheinigt der Hotelhalle »distinctive mediterranean flair«, der Gast hört das Mittelmeer, neben ihm die Balustrade des Restaurants Portofino, rauschen. Und der Pianist, der wie das Zitat eines Barpianisten in der Halle sitzt, spielt gegen das Rauschen des Wassers an.

An dem Kuchenteller der älteren Frau im Sessel spazieren betriebsausflugsvergnügte Abteilungsleiter vorbei. Die Frau beobachtet Bärte, Schnauzbärte und gepflegte Glattlederjackenträger, sie sieht große starke Männer mit leuchtgrünen Krawatten Trolleyköfferchen hinter sich herziehen. Ein Stehgeiger spielt »Lemon Incest« von Serge Gainsbourg, die Pâtisserie hat nach der Schlacht am Kuchenbuffet (eat as much as you can, nachmittags bis siebzehn Uhr dreißig) kaum noch Kuchen.

Die Postkartenständer vor dem Minimarkt liefern letzte Reste des Echten am eigenschaftslosen Ort, sie bieten Bilder der Außenwelt: Ansichten von Berlin-Treptow und Postkarten mit »Berliner Sprüchen«. Ansonsten müßte ein Gast, der hier gedächtnislos aufwacht, nicht unbedingt wissen, wo er sich befindet. Er könnte glauben, auf einem großen Flughafen, in einer Erlebnisraststätte an der Autobahn oder auf einer großen Kanalfähre zu sein. Dank der Abbildungen lassen sich die Ansichtskarten mit den üblichen Floskeln »Bin in Berlin, mir geht es gut« beschriften. Die Postkarten zeigen die Mauer, die Gedächtniskirche, die Kongreßhalle oder das Hotel Estrel höchstselbst. Auf manche Karten hat der Hersteller die Wunschformel »Weltstadt Berlin« gedruckt. Neben den West-Berliner Karten mit Funkturm und Mauerimpressionen gibt es auch Grüße aus dem alten Berlin, die den Anhalter und den Stettiner Bahnhof zeigen, wie sie einmal waren. Das muß vor langer, langer Zeit gewesen sein, denkt der Gast. Zumindest am Postkartenständer hat er die Wahl unter allen Berlins dieses Jahrhunderts. Immer passend dazu: die Berlin-Krawatte zu neunundfünfzig Mark. Neben den Broschüren »Es geschah an der Mauer« liegen Ansichtskarten mit Mauersteinresten für fünf Mark fünfzig: In einem kleinen, eingeklebten, durchsichtigen Plastikbehälter bewegt sich, als Reliquienrassel der deutschen Teilung, ein farbig beschmierter Betonsplitter hin und her.

Der Stehgeiger und seine Begleitung in der Halle spielen »Tea for Two«, der Fuß der Frau, die sich Luft zufächern muß, fängt an, im Takt zu wippen. Treibhausgefühle machen sich breit. Die Frau fächert weiter, sie sieht Lederhosenträger und entdeckt vielleicht ein Schlagersternchen. Der ein oder andere Gast ist zum Musicalwochenende nach Berlin gekommen und trinkt gerade seinen im Paketpreis inbegriffenen Begrüßungscocktail. Zum Cocktail wird ein ebenfalls im Paketpreis enthaltenes Plüschtier überreicht. Später besucht man entweder den »Glöckner von Notre Dame« am Potsdamer Platz oder die hauseigene Doppelgängershow »Stars in Concert«. Für diese Veranstaltung, die »erfolgreichste Bühnenshow der Stadt«, muß der Gast das Haus nicht einmal verlassen. Über eine gläserne Gangway spaziert er in eine umgebaute Speditionshalle, die »Estrel Festival Center« genannt wird. Kongreß- und Tagungsveranstalter schätzen das Haus wegen dieser kurzen Wege. Kein Schäfchen, kein Seminarteilnehmer kann auf dem Weg zum Tagungsort verloren gehen. Im Estrel finden Parteiversammlungen, die Treffen der »Star-Trek«-Fans und »Career-Future«-Veranstaltungen statt. Ein Zimmer der einfachen Kategorie ist mitunter nicht zu bekommen.

Der Gast in Berlins und Deutschlands größtem Hotel

geht nach dem Essen auf sein Zimmer und weiß nicht, was in den 1124 anderen Zimmern geschieht. Er putzt sich die Zähne und schaltet den Fernseher ein, er sieht die Abendschau und sieht vielleicht ein Stück von Berlin, das er mit dem Ausschnitt seines Zimmerfensters vergleichen kann. Er könnte einmal durch alle Kanäle schalten und sich eine Flasche »Sekt Cuvée trocken, Hotel Estrel Edition« öffnen lassen. Wieviel Prozent aller alleinreisenden Männer bleiben bei den Pornokanälen hängen?, fragt sich die Frau, die mit der Fernbedienung in der Hand auf dem Hotelbett sitzt.

Vielleicht entschließt sich der Gast, noch einmal hinunterzugehen, vielleicht »nimmt« er, wie es in synchronisierten Vorabendserien heißt, »einen Drink«. Die Crystal Nightbar verspricht so viel Mondänität wie die Wiederholung einer Folge »Denver-Clan« im Fernsehen. Vielleicht kauft der Gast sich einen Reiseführer »Szene-Berlin« oder läßt sich von einem Taxifahrer dort hinfahren, »wo man, na sie wissen schon, auch mal was erleben kann«. Wozu sind Geschäftsreisen da.

Der Gast, der das Hotel Estrel zu Fuß verläßt, sieht auf der gegenüberliegenden Seite der Zigrastraße den Estrel Biergarten und den Beach-Club Estrel am Ufer des Neuköllner Schiffahrtskanales liegen. Einige Strandkörbe versuchen sich an einer Strandsimulation. Der Gast, der herauskam, um die berühmte Berliner Luft einmal tief einzuatmen, schaut auf das Wasser. Vielleicht bemerkt er den mit Nato-Draht gesicherten Zaun und den dahinter liegenden Alteisen-Umschlagplatz nicht. Malerisch wird es gegenüber der Einfahrt des Estrel Convention Center. Hätte diese Festhalle für sechstausend Personen Fenster, stünde sie in Sichtweite der blauen Container, in denen die Firma Alba angestoßene weiße Waschbecken und alte Kloschüsseln sammelt. Die größten Schrott- und Alteisenberge aus aufgetürmten Heizungskörpern, verbeulten Kotflügeln, Küchenherden und Ofenrohren werden von nun nicht mehr für die deutsche Teilung benötigten Mauersegmenten zusammengehalten. Durch den Zaun, der sich die ganze Zigrastraße hinunterzieht, kann der Gast an die sechzig teils angenagte, teils abgebrochene, teils noch mit Bemalungsresten geschmückte Mauerteile zählen. Rohstoff für Millionen von Mauersplitterkarten.

Am Ende der Zigrastraße, in der Straßenschilder auf das Verbot des Schuttabladens hinweisen, liegt ein Motorblock, um die Ecke warten leere Ölkanister. Wo der Zaun aufhört und der Kanal eine Biegung macht, bietet sich dem Gast der Blick auf einen in zwei Teile zerschnittenen U-Bahnwaggon ohne Fahrwerk. Auf der anderen Seite des Kanals, der Kanal liegt still und klar, steht eine lange Reihe Pappeln. Dem amerikanischen Künstler Robert Smithson, der im Jahre 1967 die beispielhafte »Fahrt zu den Monumenten von Passaic,

New Jersey« unternahm, hätte die Umgebung des Hotel Estrel wahrscheinlich gefallen. In New Jersey las Smithson die Industriebrache des Flußufers als Kulturdenkmal. Auf seinem Spaziergang fand er ein »großes Rohrleitungsmonument«, wo andere Augen vielleicht nur eine rostige Pipeline sehen, und das »Brunnenmonument«, wo seine dokumentierende Fotografie sechs sprudelnde Abwasserrohre zeigt.

Im Abendlicht darf der Gast den Neuköllner Schiffahrtskanal ruhig mit irgendeinem Fluß verwechseln. Es ist kein Fehler, das Hotel Estrel zu Fuß zu verlassen. Die erste Kneipe auf dem bewohnten Teil der Sonnenallee heißt Koma. Und die Ausblicke auf die Umgebung sind immerhin industrieromantisch. Die Bahnen rattern wie gelbe Glühwürmchenketten über die Südringgleise, und Flugzeuge, die in Tempelhof hörbar gestartet sind, blinken von oben wie sehr helle Abendsterne auf das Estrel (la estrella, spanisch: der Stern) herab. Und ein Wildbeerenaroma, wie kein deutscher Wald es hervorbringen könnte, legt sich über die Szenerie, denn in der Schokoladenfabrik gleich neben dem Hotel hat die Produktion von löslichem Waldbeerentee begonnen. An anderen Produktionstagen riecht es nach Nuß-Nougat-Creme. Auch die Schokoladenfabrik muß ein Grund für die luftdichte Überdachung der Hotelhalle gewesen sein.

Das Estrel ersetzt öffentlichen Raum durch privat bewirtschaftete Eigenfläche. Wo ein Hotel sich sonst einer Straße oder einem Platz zuwendet, hat dieses Haus sich nach innen gestülpt. Es steht als monumentale Inszenierung seiner selbst, ohne Bezug auf die Umgebung, in der ausgefransten Stadtlandschaft, in der Peripherie – da, wo traditionelle Muster der Stadtarchitektur ausgedient haben. Das Estrel liegt nur noch verkehrsgünstig. Oder ungefähr gleich weit weg von überall. »Headquarter-Architektur« nennen Urbanisten diesen Stil, der an Autobahnen und um jeden größeren Flughafen herum zu finden ist. Teilverspiegelte Fassaden, polierter Kunststein, Wasser, Glas und Palmen sind seine standardisierten Zeichenträger. Einem postmodernen Internationalismus nicht einmal verpflichtet, könnte das Estrel auch irgendwo anders, beispielsweise auf einer Erdbebenbrache in Mexiko-Stadt, stehen. Nur wäre das Haus dort noch viel größer und architektonisch vielleicht weniger mittelmäßig. Und Wächter mit Maschinenpistolen und schußsicheren Westen stünden neben dem Eingang. Das ist in Neukölln noch nicht nötig.

Das Estrel funktioniert nach dem Las-Vegas-Prinzip. Innen bietet das Haus einfach alles, das Hotel genügt sich selbst, der Gast soll das Haus gar nicht mehr verlassen. Hotelübernachtung, Arbeit, Einkaufen und Kultur – der Investor E. Streletzki stellt im auch ein wenig nach ihm selbst benannten Haus russische Kunst aus – finden in einem Komplex statt. Nicht umsonst wirbt die Doppelgängershow mit der Formel »Las Vegas in Berlin«. Der Gast kann ohne weiten Fußweg zum Friseur gehen, sich einen neuen Pullover, ein Geschenk für die Ehefrau und Mitbringsel für die Kinder kaufen. Mitbringsel von einem eigenschaftslosen, erinnerungslosen Unort – der jedoch, seltsamerweise, in seiner ökonomischen Durchgestaltung ehrlicher wirkt als die vorverwitterte Plüschigkeit, in der das Adlon am Pariser Platz, so scheinbar unversehrt, wiederauferstanden ist. Das Estrel bedient keine Sehnsucht nach großer Zeit und Belle Époque. Das Estrel zwischen Schrottplatz und Schokoladenfabrik ist im Grunde weniger peinlich.

Und heute? Der Brunnen plätschert noch im Estrel-Foyer, das Restaurant heißt noch immer Portofino, auch die Pâtisserie ist noch da. Lichterketten leuchten in den mangrovenartigen Gewächsen. Ein Kongreß zu »Schwefel, Schwefeldioxid und Schwefelsäure« findet heute statt, der Teufel, wenn er hier ist, muß dann wohl einen Anzug tragen. Über einem Biedermeierschrank hängt ein großformatiges Pop-Art-Gemälde, Hotelpagen tragen Retro-Uniformen und historisierende Kappen. Die armen jungen Männer, sie sind bescheuert kostümiert. Ich erinnere mich an das einst geliebte Jugendbuch »Gepäckschein 666«, als ich das las, wollte ich auch Page werden.

Die Leder- oder Kunstledersofas in der Lounge sind ein wenig abgewetzt, die aufgemalte Marmorierung an den Säulen glänzt speckig. Energiesparleuchten mit unterschiedlichen Lichttemperaturen stecken in den Deckenlampen, sie werfen kein schönes Licht in die Lobby. Die Schwefel- und Schwefeldioxid-Kongreß-Teilnehmer verbreiten geschäftige Stimmung, viel schlechtes Englisch ist zu hören, in allen möglichen Färbungen.

Die Hauszeitung Estrel News liegt auf den Glastischen, auf der Titelseite schreckt ein Interview mit Frank Steffel. Von allen Berliner Polit-Zombies ausgerechnet der Reinickendorfer Teppichhändler? Wollte dieser Untote der Berliner Politik nicht mal Regierender Bürgermeister werden?

Auf den nächsten Polit-Zombie treffe ich im traurigen Minimarkt des Hotel Estrel, dort gibt es signierte Exemplare von Heinz Buschkowskys Buch »Neukölln ist überall« zu kaufen. Wie passend. Nicht vergessen: Ich bin ja in Neukölln. Und ja, Neukölln ist auch hier, aber Neukölln hat sich verändert, Neukölln ist Trendbezirk geworden, auf der Sonnenallee gibt es heute Bio-Supermärkte. Hat der Estrel-Gründer das vorhergesehen?

Die Doppelgänger-Show im Estrel-Festival läuft noch immer, nun im fünfzehnten Jahr. Es dürften neue Doppelgänger sein, vermute ich, Doppelgänger früherer Doppelgänger. Und der Veranstaltungshalle gegenüber liegt wie einst, das ist Berlin, der bekannte Schrottplatz. »Schrottannahme«, »Vorsicht bissiger Hund« und »Ankauf Altpapier, Bargeld sofort« verkünden Schilder am Tor. Laut ist es hinter der Sichtschutzwand, Schrottmusik erklingt. Mauersegmente sind zu sehen, nun schon ein wenig verwittert. Ihre Aufgabe als Schrott-Trenner zwischen den Haufen verrichten sie noch immer tadellos.

AM ADLERSHOFER BUSEN

Noch ist die Leere in Adlershof fast vierhundert Hektar groß. Zwischen einer noch nicht gebauten Autobahn und der Magistrale namens Adlergestell sollen Medienunternehmen, Universitäts- und Forschungsinstitute, Technologiefirmen und Wohnungen für nicht weniger als 35.000 Menschen entstehen; Lokalpolitiker und Prospekte versprechen ein »deutsches Stanford«. Die große Zukunft liegt auf einem Gelände, auf dem die Akademie der Wissenschaften der DDR Forschungseinrichtungen betrieb und das DDR-Staatsfernsehen produziert wurde. Dieser Teil der zukünftigen Wissenschaftsstadt »Technologiepark Adlershof« heißt, mit modischem Binnenkapitälchen geschrieben, »MediaCity«. Gegenüber dem »traditionellen Medienstandort« stehen die alten Baracken, in denen das Wachregiment Feliks Dzierzynski kaserniert war, das hier die Produktion des »Schwarzen Kanals« mit Karl Eduard von Schnitzler beschützte.

Der größte Teil der Neubauten steht auf dem ehemaligen Rollfeld des Flugplatzes Johannisthal, der nach dem Krieg nicht mehr genutzt wurde und langsam überwucherte. In den Plänen sind große Teile seiner Fläche heute als Biotop ausgewiesen. Um dieses Biotop herum soll die neue Wohnstadt Adlershof entstehen, in der, so denkt das große Modell sich das aus, die fröhlichen Wissenschaftler wohnen dürfen, die sich ihre Zeit mit dem hier neu erbauten Elektronenspeicherring »Bessy« vertreiben. Bisher ist noch kaum ein Wohnhaus errichtet worden, man wartet auf private Investoren. Das Rollfeld liegt leer und flach und weit in der Landschaft.

Nah an den umgewidmeten Flugzeughangars steht das Innovationszentrum für Photonik, Optik, Optoelektronik und Lasertechnologie. Wegen seines Grundrisses wird es die »bunte Amöbe« genannt. Das Architektenbüro Sauerbruch Hutton, das in Berlin schon das beeindruckende GSW-Hochhaus an der Kochstraße gebaut hat, mochte auch in Adlershof nicht auf seine typischen farbigen Fensterfronten verzichten.

Zwischen der neuen Architektur und den Backsteinhangars aus den zwanziger Jahren stehen die denkmalgeschützten Bauten der Deutschen Versuchsanstalt für Luftfahrt, die hier 1936 ihren Sitz errichtete. Sie hinterließ den ersten deutschen Windkanal, in dem Tragflächen für Kampfflugzeuge getestet wurden, und einen sogenannten Trudelturm, ein kegelförmiges Bauwerk aus Beton, in dem Fall- und Flugverhalten von Sturzkampfbombern im Modell getestet werden konnten. »Zukunft hat hier Tradition«, schreibt ein Prospekt von heute. Übrig geblieben aus einer anderen Zeit sind auch die beiden großen Silberkugeln näher am S-Bahnhof, die ein Erfinder von Architekturmetaphern »Adlershofer Busen« taufte. Ursprünglich sollten in den Kugeln aus den fünfziger Jahren konstante Temperaturen erzeugt werden. Ihren Zweck konnten sie nicht erfüllen, sie haben nie funktioniert. In ihrer Erscheinung aber wirken sie wie der Versuch, eine radikale Architekturutopie zu verwirklichen, wie ein Modell zu Étienne-Louis Boullées unbaubarem Denkmal für Isaac Newton.

Wer den zukünftig »modernsten Technologiestandort Europas« besucht, ist enttäuscht. Bisher liegt das »ostdeutsche Silicon Valley« irgendwo im Wunschdenken, das hier ein goldenes Forschungszeitalter anbrechen sehen möchte. Bezahlt wird die Vision mit Geldern der Europäischen Union, des Bundes und des Landes Berlin. Bis zum Jahr 2010 sollen fünf Milliarden Mark nach Adlershof geflossen sein.

Der Besucher, der am S-Bahnhof Adlershof aussteigt, muß erst die Wendeschleife der hier endenden Straßenbahn überqueren, ein Bauschild kündet vom Ausbau der Rudower Chaussee zum »Corso des Technologiezentrums Adlershof«. Auf dem breiten Mittelstreifen des zukünftigen Corsos wächst frisches Gras, einige der abzweigenden Straßen sind als Privatstraßen gekennzeichnet. Ein Stück weiter hinunter herrscht schon heute verhaltenes Treiben, denn zur

Bevölkerung der »Visionen von lebendigen Räumen« wurden die Studenten einiger naturwissenschaftlicher Institute der Humboldt-Universität nach Adlershof abkommandiert. Kaum einer der Betroffenen war über diesen Umzug begeistert, noch im Herbst 1998 sagte einer der Professoren: »Ich denke gar nicht daran, da raus in die Pampa zu ziehen!«

Angeblich arbeiten bereits »mehr als fünfhundert innovative Unternehmen mit über zehntausend Beschäftigten« in dem Innovationspark. An einem Wochentag zeigt sich ein Bruchteil der Beschäftigten in einer alten Kantine, die nicht weit von dem alten, mit Original-Pigmentierung gestrichenen Windkanal liegt. Im Speisesaal der in ihrem ganzen Dekor volksbühnenfähigen Kantine sind die Neonröhren zu senkrecht leuchtenden Blumensträußen zusammengesteckt. Kleine Zeppeline, eine Holzfigur an einem Fallschirm und ein kleiner Modellhubschrauber halten die Erinnerung an die Luftfahrt hoch. Fleisch und Sättigungsbeilagen werden auf giftgrünen, abwischbaren Wachstuchtischdecken gegessen. Hier erinnert nichts an die Zukunft – und alles an die DDR. Selten schaut einer beim Mittagessen in das Mitteilungsblatt Adlershof aktuell. Neuigkeiten aus dem Innovationszentrum oder Berichte über die zwei neuen Rotationsprüfstände interessieren die Esser nicht.

Hinter der Kantine ist einer der Wege mit Betonbruchstücken markiert, die wie abgebrochene Mauersegmente aus-

sehen. Vorbei am gerade eingezogenen Institut für Kristall-
züchtung führen ein paar Schritte – die kurzen Wege sollen
Synergien freisetzen, sagen die Prospekte – an den Rand des
ehemaligen Rollfelds. An einem Tag ließ sich dort beobachten, wie mitten im Winter, als sei die Sache mit den blühen-
den Landschaften nun auf einmal sehr eilig, neben der Straße
Rasen wie Teppichboden von der Rolle verlegt wurde. Mit
ausgeklappten Taschenmessern schnitten die Gartengestal-
ter die kleinsten Stücke paßgenau. Die Schutthügel auf der
anderen Straßenseite schauten vom Rand des Rollfelds zu.
Muß am Ende immer alles so aussehen, wie im Prospekt entworfen?

Der kurze Stummel-S-Bahnzug hält im nagelneuen S-Bahnhof Adlershof, eine Rolltreppe transportiert mich hinunter
auf den Gehweg, und ein Strom von Passanten zieht mich

213

mit, zeigt mir die Richtung. Und ich staune: Es wurde ja gebaut! Hier steht ja eine neue Stadt, es ist etwas passiert! Sieht so aus, als sei tatsächlich ein belebter Technologie- und Businesspark entstanden. Sie steht jedenfalls da, die passende Kulisse, von Studierenden belebt. Und sieht aus wie fast überall auf der Welt, international style. Es gibt ein Hotel, ein Einkaufszentrum und viele Glasfassaden. Reste der Altbebauung sind auszumachen.

Ja, ein großer Campus ist entstanden. Mir gefällt die Bibliothek im Erwin-Schrödinger-Zentrum (Schrödinger war der Physiker mit der quantenmechanischen Katze, die, bis man nachsieht, sowohl lebendig als auch tot ist). Ein Freund fuhr eine Zeitlang in diese Bibliothek, um zu arbeiten. Er fuhr hierher, weil er immer sicher sein konnte, hier keinen Bekannten zu begegnen, die ihn von der Arbeit hätten abhalten können.

Ich muß nicht weit gehen, da bin ich wieder bei der Adlershofer Hauptattraktion: dem Beton-Großskulpturen-Park aus den dreißiger Jahren. Der ehemalige Motorenprüfstand, der Windkanal aus silbergrau gestrichenem Sichtbeton und der schöne Trudelturm schauen mich an. Der Trudelturm hat eine seltsame Form, mit der das Auge erst einmal nichts anfangen kann. Was soll oder was will das sein? Ein Raumschiff? Ein Tempel? Kunst? Mancher deutsche Großkünstler müßte erblassen vor Neid angesichts dieser in Beton geträumten Objekte. Heute wirken sie wie eine Leistungsschau dessen, was sich in den dreißiger Jahren aus Beton alles machen ließ. Schade – nicht viel später wurden nur noch Bunker aus Beton gebaut.

Zwischen den Gehwegen und den Straßenrand-Parkplätzen fallen kleine Mulden auf, sie sind überall auf dem Gelände zu sehen. Das sind keine einfachen flachen Straßengräben, nein, es handelt sich, so viel verraten Erklärschildchen, um ein »Mulden-Rigolen-System« zur Versickerung von Regenwasser. Eine Innovation, die das über die vielen versiegelten Flächen ablaufende Wasser dem Grundwasser zuführen soll. Wie schön. Ablaßhandel für den Biotech-Firmen-Teilhaber, der sein SUV hier parkt.

Ein paar Schritte hinter dem historischen Beton-Skulpturen-Park liegt noch viel freie Fläche. »NCC – Wohnen am Campus« errichtet »attraktive Townhäuser mit großzügigen Dachterrassen«, auch hier also: Die Townhauspest wuchert in die Randbezirke. Hinter der überschaubaren Baustelle liegt die Leere. Ödes, weites Feld. Die Newtonstraße und der Alexander-von-Humboldt-Weg hören einfach auf. Eine Straßenbahn, diese Linie ist verlängert worden, fährt durch ihre neue Wendeschleife in der Wiese. Hinter ihr leuchtet das Grasland.

SOMMER AUF DEM ALEX

1

»Jesus liebt dich!« – »Schnauze, ey!« – »Jesus liebt dich!«
dröhnt es aus Lautsprechern über den Alexanderplatz. Vier
Jugendliche auf den Treppenstufen vor dem Eingang zu Burger King grölen. »Sechs Millionen Juden sind tot«, fleht eine
Frau in einem langen, dunkelblauen Rock und passender Ko-
stümjacke einen vorbeigehenden Jungen an. Der Junge trägt
einen Sixpack Warsteiner zu seinen Freunden. »Wir singen
bis ans Ende der Welt, bis ans Ende der Zeit«, haucht ein
Christ ins Mikrophon. Eine jüngere Frau in kurzem Rock
und Tanktop steht mit Stift und Klemmbrett im Passantenstrom und spricht Vorbeigehende an. »Alles, was gut und
vollkommen ist, kommt, O Herr, von dir«, schallt es über
das Pflaster, dann bellen die Boxen: »Wie können wir so ruhig leben, wo so viele kleine Kinder schon im Mutterleib er-
mordet werden?« – »Aufhören, Aufhören! Aufhören ihr
Arschlöcher!« brüllt eine Frau, sie hat ein Eis in der Hand
und lehnte bisher ganz ruhig an dem Mäuerchen neben dem
U-Bahnausgang. Einige Neugierige stehen bei den gläubigen

Sängern, andere, eher unfreiwillige Zuhörer sitzen auf der Treppe zum Forum-Hotel, im Kaufhofschatten und auf den Bänken des Biergarten am Alex. Sie schauen sich den Breitwandfilm Alexanderplatz und seine Darsteller an, seine manchmal von der Sommermode überforderten Figuren, die über das Pflaster und Richtung S-Bahnhof strömen. Mitten im Fluß steht die Frau mit dem Klemmbrett, sie ist auf der Suche nach Menschen, die in einer Quizshow klatschen wollen. »Sechs Millionen Juden sind tot«, ruft die Frau in Dunkelblau, die Fußgänger, denen sie ihre Mahnung entgegenschleudert, nehmen keine Notiz davon. Eine junge Frau tritt aus dem Saturn ins Freie, öffnet eine Fototasche und schaut verzückt auf die Abzüge. Sie schaut so entrückt-verzückt wie die Frau auf dem bekannten Bild Vermeers auf ihren Brief. Zwischen Kaufhof und Hotel Forum, nicht weit von der Stelle, an der die Politiker Steffel, Stoiber und Merkel vor kurzem bei einer Wahlkampfveranstaltung mit Batterien beworfen wurden, riecht es (aber das ist in Berlin im Sommer nicht ungewöhnlich) aus der Kanalisation. Es riecht nach Schwefelwasserstoff, es stinkt nach faulen Eiern.

»Mein Name ist Jutta, ich bin eine Christin aus Berlin«, kommt es aus den Lautsprechern der Missionare über den Platz. »Wir sind alle auf Gott hin angelegt«, sagt Jutta, »Jesus ist in mich eingedrungen, als ich einundzwanzig war. Und allein in meinem Zimmer war.« Drei Dosenbiertrinker beginnen zu johlen, der mittlere trägt ein T-Shirt mit der Aufschrift »Fußball, Ficken, Alkohol«. Zwei Punks rufen ihre Hunde. Ihre Rufe klingen wie kurze Jodler. Einer der vier Hunde, die nach einigen Jodlern angelaufen kommen, hört auf den Namen Whisky, Whisky wird freudig begrüßt. Sein Herrchen, ein beim Betteln besonders freundlicher Punk, trägt ein schwarzes Muskelshirt mit dem Aufdruck »Bonn«, der Schriftzug mit Kußmund an der Stelle des O. Jutta singt »Herr, deine Gnade, sie fällt auf mein Leben, so wie der Regen im Frühling fällt«, viele Passanten, die von der Frau mit dem Klemmbrett angesprochen werden, schütteln den Kopf, die meisten bleiben gar nicht stehen. »Im Grunde habe wir nie aufgehört, Kinder zu sein«, sagt Jutta, die Christen reichen das Mikrophon herum. Als Jutta wieder an der Reihe ist, brüllt einer von der Treppe, er trägt sein Mobiltelefon wie ein Amulett an einem Kettchen um den Hals: »Halt dein Maul, du alte Fotze!« Einer, der neben ihm sitzt, meint: »Scheißland hier, daß sich jeder einfach frei äußern kann.« Die Frau mit dem Klemmbrett setzt sich auf den Brunnenrand, streckt die sonnengebräunten Beine von sich und erzählt, daß bei schönem Wetter kaum einer Lust habe, ins Fernsehstudio zu gehen. »Nein, wir zahlen nicht, es gibt nur ein Freigetränk. Touristen kommen gerne, man muß gleich ganze Gruppen krallen. Ich mache diese Arbeit gern. Kann ich mir selbst einteilen. Und ich bin draußen. Den Alex mag ich lieber als die Wilmersdorfer oder den Potsdamer Platz, der Potsdamer Platz ist mir zu künstlich. Am Alex ist die Mischung besser, und jeden Tag gibt's Veranstaltungen. Neulich war der Tag der Grauen Panther, nur Rentner auf dem ganzen Platz. Heute sitzt der Verein der Väter, die ihre Kinder nicht sehen dürfen, unter der Weltzeituhr.«

2

Sonnabend, der Fernsehsender, der die Zuschauer für Fußball bezahlen läßt, hat auf dem Alex ein riesiges rotes Luftkissen mit hoch aufragenden Seitenwülsten aufgeblasen. Innen kein Wasser, es handelt sich nicht um ein Planschbecken, nein, innen zappeln halbnackte Männer, die Hände mit breiten Klettverschlußmanschetten an lange, quer durch das Luftkissenbecken gesteckte Stangen – Stangen, dick wie Fallrohre – gefesselt. Es sind keine Galeerensklaven, die rudern müssen, keine Gladiatoren, keine Mayas, die Pelota spielen und eventuell geopfert werden, diese Männer sollen lebensgroße Tischfußballfiguren sein. »Zeigt Berlin, zeigt der Republik und dem Rest der Welt, was ihr drauf habt!« brüllt der Animateur, der das Agitieren in einem früheren Deutschland gelernt zu haben scheint. Die angeketteten Männer, die Spieler, die Spielfiguren spielen, treten zappelnd nach dem Ball. Mit den ausgebreitet angebundenen Armen sehen sie wie Gekreuzigte aus. Die Torwand, die verwaist im Abseits des großen Luftkissenkickers steht, wirkt prähistorisch – wie die höhnische Erinnerung an einen der Sender, die Fußball öffentlich-rechtlich zeigten.

3

Auf den Fenstern der Häuser, in einem sitzt nun auch das Bundesministerium für Umwelt, Naturschutz und Reaktorsicherheit, dort, wo eines fernen Tages Hochhäuser aufragen sollen, kleben Buchstaben. Hintereinandergelesen ergeben sie Döblin-Zitate. Auf den Flachdächern der Häuserzeile stehen Werbeschriften wie große Dachskulpturen: »Togal« mit dem langen, geschwungenen Bügel-T, daneben Werbung für den »Top Automarkt Bornholmer Brücke«. Unten auf dem Pflaster, weit unter der Fernsehturmkugel, leuchten Tränenkopflaternen in die DDR zurück. Unter der Zurüstung des Berolina-Hauses sind die alten Leuchtschriften »Rewatex« und »Flinke Jette« zu erkennen. »Fühlen was geschieht«, sagt der Schriftzug auf dem Drehkörper der Uhr, »Bärenstark« ruft die Kaufhoffassade. In den großen Blumenkübeln neben der Tram wachsen gar nicht mehr so kleine Bäume. Die Spatzen sind schmutzig und gut genährt. Und auf dem Dach des Alexander-Hauses, gleich neben dem »Kleinpreismarkt am Alex« drehen sich, o Wunder, noch im-

mer die drei gekreuzten Holzwege in Rot, Gelb, Blau – das
Signet der pleite gegangenen Bankgesellschaft Berlin.

4

An einem Regentag verkauft der Bratwurstmann, der sich
»Grillwalker« nennt, seine Würste vom Bauchtragegrill. Ein
Konkurrent hat sich den Rost auf seinen Rollstuhl montiert.
Die Würste des stehenden Konkurrenten verkaufen sich bes-
ser. Deutsche Tierschützer demonstrieren im Regen. »Super-
Lotterie – Ihre Chance!« – »Haben sie Lust auf 'ne Million?«
Die Heilsarmee parkt ihren Renault-Transporter auf dem
Alex, teilt Suppe aus. Etwa fünfundzwanzig Personen, un-
auffällig-ordentlich gekleidet, stehen in der Reihe, einer von
ihnen hat einen Einkaufswagen mit Habseligkeiten dabei.
»Hinten anstellen, eeeyy. Ey, auch du, ey.« Es gibt warme
Suppe für alle, einen Plastikteller voll. Drei Mädchen kommen auf Plateau-Schuhen aus der Kosmetikabteilung des
Kaufhofs, bringen Parfumprobennebel mit, bleiben kurz stehen und stelzen kichernd durch ihre eigene Duftwolke davon. »Sind Sie gegen Minen?« – »Haben Sie ein wenig Zeit?
Wir würden gern über unsere Arbeit als Tierschützer infor-
mieren.« – »Welches Buch würden sie auf eine einsame Insel
mitnehmen?« Der Grillwalker legt Würstchen nach, die
Kunden der Heilsarmee schlürfen ihre Suppe. Das Kontakt-

bereichsmobil der Polizei, Abschnitt 32, steht auf dem Platz, ein Stromkabel steckt in einer Steckdose, die im Boden verborgen ist. Sieht so aus, als hätte der Wagen seinen Rüssel in den Asphalt gebohrt.

5

Auf dem Rand des als Nuttenbrosche bekannten Brunnens, der eigentlich Brunnen der Völkerfreundschaft heißt, sitzt ein junger Mann und hält ein wahrscheinlich antiquarisch erworbenes Buch in der Hand. Macht Notizen. Schreibt sich den Döblin-Satz »Wiedersehen auf dem Alex. Hundskälte, nächstes Jahr 1929 wird noch kälter« von der Fassade des Hauses Ecke Otto-Braun-Straße in einen Spiralblock. Und erzählt, er wohne in Neukölln, in einem Zimmer, das ihn hundert Mark Miete im Monat koste. »Hundert Mark kriege ich immer irgendwie zusammen. Meistens Unkrautjäten bei einer alten Dame, ich mache ihr den Garten.«

6

Sonntagnachmittag, kurz vor drei, es ist heiß, der Passantenstrom versiegt. Eine ältere, gepflegt wirkende Frau, sie trägt eine große Plastiktüte, bückt sich vor dem Bauzaun, der um den Brunnen der Völkerfreundschaft herum errichtet wurde.

Sie schiebt einen mitgebrachten Ast so geschickt unter dem Zaun hindurch, daß der Ast an eine Coca-Cola-Pfandflasche stößt, die, durch mehrmalige Berührung mit der Astspitze in Bewegung versetzt, auf den Bauzaun zurollt. Die Frau, der eine vielleicht nicht echte Perlenkette um den Hals hängt, greift nach der Flasche, in der ein Rest Cola schwappt, zieht sie unter dem Zaun hindurch, öffnet sie, leert sie aufs Pflaster, schraubt die Flasche zu, steckt sie in ihre Plastiktüte und geht mit dem Ast in der Hand Richtung S-Bahnhof davon.

MAUERPARK

Ach, Mauerpark, ick liebe dir. Obwohl du oft so häßlich bist. Obwohl in dir heute, Sonntag, sicher noch der Müll von gestern Abend liegt. Und obwohl da heute Abend sicher noch viel mehr Müll liegen wird und du wieder überfüllt sein wirst, ich mag dich, Mauerpark. Und bin damit nicht allein, Tausende mögen dich und strömen herbei, zum Flohmarkt, zum Mauerpark-Karaoke, oder um einfach bloß im Gras zu liegen. Mauerpark, mir gefällt der sonntägliche Ausnahmezustand, der Volksauflauf, mir gefällt, daß jede Woche Woodstock ist, mir gefällt die sich an sich selbst berauschende Menge, die auf der Wiese tanzt, sich filmt und fotografiert und das gleich postet. Und ja, mir gefällt, daß sie alle kommen, aus der ganzen Welt, sagt mir das nicht, ja, ich lebe in einer attraktiven Stadt?

Mauerpark, mir gefallen die paar Stufen aus roh behauenen Granitblöcken, die von der Bernauer Straße auf das ehemalige Güterbahnhofgelände führen, es geht hinauf wie auf das Podest eines griechischen Tempels, dahinter liegt ein lokker gepflanzter Hain. Ach Mauerpark, mir gefällt, daß die Mauer hier nicht mehr steht, kein einziger Meter, was manche Besucher verwirrt. Sie fragen nach ihr oder halten das Stück Hinterlandmauer oben auf dem Stadionhügel für Mauer. Dabei ist die Topographie der Teilung noch immer gut zu erkennen: Park ist der Mauerpark nur im ehemaligen Osten, hier wurde auf dem früheren Todesstreifen Parklandschaft angelegt, der Landschaftsarchitekt heißt Gustav Lange, er hat einen wunderbaren Garten mit Pappeln und Pyramideneichen geschaffen, die alte, kopfsteingepflasterte Schwedter Straße führt hindurch, neben ihr der Hang, der in DDR-Zeiten zum Bau des Friedrich-Ludwig-Jahn-Sportparks aus Bombentrümmern aufgeschüttet wurde, im Winter sind halsbrecherische Schlittenfahrten möglich.

Mauerpark, mir gefallen deine großen Schaukeln oben auf dem Hügel, auf diesen Schaukeln läßt sich über die tristhübsche Hüttenlandschaft und das Brennstofflager hinweg Richtung früherer freier Westen schaukeln, in den Himmel über Berlin hinein. Und mir gefällt die Hinterlandmauer zum Stadion, die Farbe, hier darf gesprüht werden, pappt in daumendicken Schichten wie Blätterteig auf dem Beton.

Mauerpark, wochentags gefällst du mir noch besser, wochentags bist du so leer. Mauerpark, ich liebe im Sommer dein blau-violett blühendes Gestrüpp, das den Boden des Stadionhangs bedeckt, nein, leider kein Lavendel, es duftet nicht, sieht von fern nur so aus wie Lavendel, schön wär's. Es ist eine Salbei-Art. Und Mauerpark, ich liebe die Abende, ein oder zwei im Jahr, wenn die Junikäfer schlüpfen und herumfliegen, Tausende brummen herum und paaren sich. Und die Parkbesucher tun es ihnen gleich, im Dunkeln, unter den nichtleuchtenden Flutlichtmasten, die wie zwei schlanke Riesen über das Gelände wachen.

Mir gefallen die Findlinge, auf denen die Kinder klettern, und mir gefällt, was Mütter und Väter da so alles mit ihren Kindern anstellen müssen: Frisbee spielen, kicken, Schlagballwurf üben, Drachen steigen lassen oder eben, Verzweiflung, das Kind weint, nicht steigen lassen. Und mir gefallen die Kinderwagenkohorten auf dem Kopfsteinpflaster, auf dem sich nicht so gut radfahren läßt.

Mauerpark, mir gefallen auch deine Entrepreneure, die Flaschensammler, die leere Pfandflaschen suchen, die Kuchenmädchen, die sonntags Selbstgebackenes verkaufen, die Minidrachenverkäufer, der Seifenblasenmann mit seinen Riesenseifenblasen und der Hula-Hoop-Promoter mit seinen Ein- und Vortänzerinnen. Mir gefallen auch die wechselnden Musiker, die hinter ihren aufgeklappten Koffern Folk oder Anti-Folk spielen, Mauerpark, manchmal liebe ich sogar deine Trommler, die da die halbe oder die ganze Nacht durchtrommeln und herrlich nerven, so ist sie halt, die große Stadt.

Mauerpark, mir gefällt, daß dein Amphitheater, das jahrelang eher unbeachtet im Hang ruhte seit 2009 Ort des mittlerweile weltberühmten Mauerpark-Karaoke ist, Tausende sitzen sonntags da, hören zu und schauen. Von der Wiese betrachtet sieht das aus, als niste eine gigantische Vogelkolonie auf einem Felsen, ein Berlin-Werbefilm könnte sich kein besseres Bild ausdenken, Veranstalter Joe Hatchiban sollte vom Senat bezahlt werden.

Mir gefällt, daß der Mauerpark eine internationale Öffentlichkeit herstellt, von der Europa-Politiker träumen; hier trifft sich die Jugend der Welt, und, so sieht es aus, da bleibt eben Müll zurück. Angekokelte Einweg-Grills, Tetrapaks und Plastiktüten. Grilldunst kann sonntagabends wie eine Nebelwolke über der Wiese liegen, obgleich Grillen im Mauerpark eigentlich verboten ist, aber, Mauerpark, ach, ich liebe deine fetten Krähen, die von den Grillresten leben. Sie haben sich so schwer gefressen, sie können kaum noch fliegen.

Ja, mir gefällt das Wimmelbild Mauerpark und wie hier Berlin gespielt wird, und es macht nichts, daß die meisten, die hier Berlin spielen, vielleicht gar nicht in Berlin wohnen, egal, hier sind auch sie Berlin.

Mir gefällt das große Klettergerüst aus ganzen Baumstämmen, dessen Regenbogenfarben lange ausgeblichen waren, erst kürzlich wurde es wieder neu gestrichen, diesmal hoffentlich mit abriebfester Farbe. Und ich liebe das Birkenwäldchen, das sich bis zum Gleimtunneldach erstreckt, das kleine Stück Sibirien, in dem Mädchen auf Decken liegen und lesen oder sich bloß sonnen. Oder Kiffen. Oder in einer Hängematte zwischen zwei Bäumen schaukeln. Kindergeburtstage werden im Kifferwäldchen gern gefeiert, einer feiert immer, manchmal auch mit Stromerzeuger und Soundsystem.

Mir gefällt das eingezäunte Taubenhaus auf dem früheren Niemandsland, mir gefallen die beiden immer traurig schauenden Pferde des Kinderbauernhofs, seine Ziegen und die Kaninchen. Mir gefällt die hohe Kletterwand, die aussieht, als könnte sie gleich umfallen. Und ich mag den tollen Blick auf die nur den Stadtfüchsen und den S-Bahnen zugängliche Nordkreuzwildnis.

Und, Mauerpark, mir gefällt, wie viele Menschen sich für deine Vollendung engagieren, denn eigentlich bist du ja noch immer nicht fertig, eigentlich hätte bis 2010 ein mindestens zehn Hektar großer Park entstehen müssen, das Land muß sonst eines Tages einen Millionen-Betrag erstatten. Und mir gefällt wie die neue Stiftung Welt-Bürger-Park für einen Mauerpark ohne Bebauung kämpft. Und ach, Mauerpark, mir würde es gefallen, wenn sich einer fände, der in einer Nacht mal einen der auf den Luxus-Loft-Baustellen der Umgebung herumstehenden Bagger kurzschließen und die seit Jahren überfällige Parkerweiterung in einer Nacht erledigen würde. Er müßte nur die Zäune, Lagerflächen und die Flohmarktwucherungen plattwalzen. Wäre das schön – denn ist

es nicht eine politische Peinlichkeit, daß es bald fünfundzwanzig Jahre nach Mauerfall noch immer keinen Mauer-
park-Zugang von der Weddinger Seite gibt?*

Ach, Mauerpark, ich liebe deine Wiese, die im Spätsom-
mer gar keine Wiese mehr ist, englischer Rasen sieht anders
aus. Mauerpark, du bist eine kleine Steppe, ein Stück Berlin-
Prärie, sieht aus, als ob Büffelherden über dich hinweg ge-
trampelt wären.

Und, Mauerpark, ich muß lachen, als ich lese, daß um deinen historischen Vorläufer, den alten Exerzierplatz, der sich
ein Stück weiter östlich befand (dort, wo heute das Stadion
und seine Nebenplätze liegen), bereits ähnlich gestritten
wurde. Anwohner klagten über unerträgliche Zustände auf
dem stark frequentierten Gelände, zu dem jedermann Zu-
tritt hatte, sie forderten damals, so um 1900, den Bau einer
Mauer …

---

* Wunder geschehen. Seit Ende Juli 2013 führt ein asphaltierter Weg von der Lort-
zingstraße Richtung Max-Schmeling-Halle, die West-Ost-Passage ist endlich offen.

ZU DIESEM BUCH

Der größte Teil der Texte über dem Strich ist schon einmal im Jahr 2001 in dem heute vergriffenen Band »In Berlin« (Nicolaische Verlagsbuchhandlung) erschienen. Sie entstanden zwischen 1998 und 2001, die meisten für die Berliner Seiten der Frankfurter Allgemeinen Zeitung, einige auch für den Tagesspiegel.

Alle Texte unter dem Strich sowie »Mauerpark« sind 2012 und 2013 für dieses Buch geschrieben worden.

Berlin im Juli 2013
D. W.

ZU DEN ABBILDUNGEN

VERBRECHER VERLAG

David Wagner
WELCHE FARBE HAT BERLIN

224 Seiten
Broschur
14 €

ISBN: 9783940426963

David Wagner wandert durch die Stadt, allein, manchmal in Begleitung. Was ist die Stadt? Wie lässt sie sich beschreiben? Immer wieder stößt er auf die Trümmer der deutschen Geschichte. Wagner erzählt, wie sehr sich die Stadt in den letzten zehn Jahren verändert hat. Er macht ein Praktikum als Türsteher in der »Flittchen Bar«, trifft die Füchse auf der Pfaueninsel und einen müden Bürgermeister neben einem Bärenkostüm. Er spaziert durch die Randgebiete und durch den alten Westen. Er geht die Baustellen ab und erinnert sich an Baulücken. David Wagner läuft seit zwanzig Jahren kreuz und quer durch Berlin. Er ist ein Stadtwanderer, »in Halbtrance, gepaart mit dem Willen zur illusionslosen Genauigkeit«, wie die Wochenzeitung Die Zeit meinte. »Welche Farbe hat Berlin?« versammelt größtenteils unveröffentlichte Texte, die in den letzten Jahren entstanden sind.

Wagners Neuvermessung Berlins ist liebevoll und scharfsichtig zugleich.
Christian Metz / Frankfurter Allgemeine Zeitung

David Wagner ist ein einfühlsamer, fabelhaft lockerer und witziger Essayist.
Michael Buselmeier / Saarländischer Rundfunk

Verbrecher Verlag Gneisenaustraße 2a 10961 Berlin
www.verbrecherei.de info@verbrecherei.de

VERBRECHER VERLAG

Dietmar Dath

KLEINE POLIZEI IM SCHNEE

280 Seiten
Hardcover in Leinen

24 €

ISBN: 978-3-943167-08-5

Ein achtjähriges Mädchen ist Hauptvollzugs-organ des Staates. Der nahe Osten läuft dir kalt den Rücken runter. Unsere Mütter haben falsche Farben, und der Mann, der mit Büchsen wirft, heißt Josef Stasi und macht sich, obwohl seine Frau ihn davor warnt, durch unbedachten Waffengebrauch unglücklich. Ein Albino namens Adrian sucht derweil die Lücke in der Welt, neuartige Endsporen werden entdeckt, und an einer versteckten Stelle löst dieses Buch einige entscheidende Probleme des Menschseins. Außerdem gibt es Pistazien, aber mehr Salz wäre schön.

Die Texte stehen für sich, ergeben in Summe aber doch ein Ganzes, ein wie durch ein Kaleidoskop gesehenes, in Bewegung befindliches Bild vom Zustand der Gesellschaft.
Detlef Grumbach / Saarländischer Rundfunk

Stellenweise schlicht genial ist der 250-seitige Erzählband »Kleine Polizei im Schnee«.
Floran Schmid / der Freitag

Verbrecher Verlag Gneisenaustraße 2a 10961 Berlin
www.verbrecherei.de info@verbrecherei.de

VERBRECHER VERLAG

Dietmar Dath

AM BLINDEN UFER

Roman

336 Seiten
Broschur

14 €

ISBN : 978-3-940426-36-9

Am blinden Ufer ist ein Science-Fiction-Roman über Meeresbiologie, Liebe, Topologie, Nutztierhaltung und Militarismus. Das Personal: Heldinnen und Feiglinge, Tote und Verletzte, Gelehrte und Verliebte, Menschen um die Dreißig und alte Haudegen. Die Welt des Romans unterscheidet sich von der, die man kennt, dadurch, dass sie aus denselben Grundtatsachen, aber unter Weglassung des Unwesentlichen und unter mehrfacher Drehung entlang der Zeitachse konstruiert ist. Ein spannendes Werk! Diese Ausgabe ist eine überarbeitete Neufassung des erstmals im Jahr 2000 erschienenen Romans.

Von Dietmar Dath möchte man sich vieles sagen, mitgeben oder erklären lassen. Weil er einen großen Stoff mit leichter Hand in den sprichwörtlichen Griff bekommt.
Kristof Schreuf / junge Welt

Verbrecher Verlag Gneisenaustraße 2a 10961 Berlin
www.verbrecherei.de info@verbrecherei.de

VERBRECHER VERLAG

Jörg Sundermeier /
Werner Labisch (Hg.)
HAUPTSTADTBUCH

176 Seiten
Broschur,

7,95 €
ISBN: 978-3-935843-55-3

Seit dem Fall der Mauer ist Berlin wieder Hauptstadt, doch bleibt die bange Frage: wird diese Stadt den Anforderungen an eine Hauptstadt überhaupt gerecht? Zwar verteidigen die Senatoren und Bürgermeister seit Jahren verzweifelt den Anspruch, wenn schon nicht New York und Paris, so doch Moskau und London als die »Szene«-Hauptstadt überholt zu haben. Andererseits pflegt man in Berlin das größte Sozialamt Europas und die merkwürdigsten Provinzialismus, setzt obskure Stadtteilentwürfe gegen gewachsene Strukturen. Inwieweit ist Berlin eine Hauptstadt? Wie lebt es sich in ihr? Dieser Frage gehen die Beiträge dieses Buches nach.

Texte und Bilder u. a. von Peter O. Chotjewitz, Tanja Dückers, Nils Folckers, Oliver Grajewski, Meike Jansen, Barbara Kalender, Bayram Karamollaoglu, Jürgen Kiontke, Susanne Klingner, Knud Kohr, Kirsten Küppers, Philip Meinhold, Kolja Mensing, OL, Sven Regener, Jana Schmidt, Sarah Schmidt, Jörg Schröder, David Wagner, Ambros Waibel, Florian Werner und Stephanie Wurster.

So isse, die Hauptstadt.
Berliner Zeitung

Verbrecher Verlag Gneisenaustraße 2a 10961 Berlin
www.verbrecherei.de info@verbrecherei.de

VERBRECHER VERLAG

Ronald M. Schernikau

**UND ALS DER PRINZ
MIT DEM KUTSCHER
TANZTE, WAREN SIE
SO SCHÖN,
DASS DER GANZE HOF
IN OHNMACHT FIEL**

ein utopischer film

Herausgegeben
von Thomas Keck
Mit einem Nachwort von
Stefan Ripplinger

120 S.
Leinen mit Leseband
18 €

ISBN 978-3-943167-10-8

Tonio und Franz lieben sich, Bruno und Paul lieben sich auch. Die jungen Männer demonstrieren für den Frieden und singen, sie werden politisch aktiv oder nicht, sie gehen was trinken, sie lesen und lümmeln. Ronald M. Schernikau hat in diesem Buch, das er Mitte der 80er-Jahre publizieren wollte und das erst als Einlage in »legende«, veröffentlicht werden konnte, der Schwulenbewegung Westberlins ein Denkmal gesetzt. Und er geht der Frage nach, ob man mehr als einen Menschen lieben kann.

Ronald M. Schernikau wurde in der DDR geboren, wuchs dann aber in Hannover auf. 1986 nahm er ein Studium am »Institut für Literatur Johannes R. Becher« in Leipzig auf. 1989 erhielt er die Staatsbürgerschaft der DDR und siedelte nach Berlin über. Schernikau war bis zu seinem Tod 1991 Dramaturg beim Hörfunk und beim Fernsehen. Siehe auch www.schernikau.net

»Das ist das wenige, das viel erreicht: ein radikaler Sprachminimalismus, der das Bild mehr evoziert denn zeichnet, dichtgedrängte Wirklichkeitserfassung bei möglichst geringer Zahl der möglichst simplen Wörter, eine Reduktion des Erzählens auf die Kraftlinien des Geschehens - als hörte man dem Weltgeist beim Widerspiegeln zu.«
André Thiele / Frankfurter Allgemeine Zeitung

Verbrecher Verlag Gneisenaustraße 2a 10961 Berlin
www.verbrecherei.de info@verbrecherei.de